NI UNA FOTOCOPIA MÁS

Traducción de Ediciones Larousse
con la colaboración especial de Mónica Portnoy.
Diseño de portada Ediciones Larousse
con la colaboración especial de David Jiménez.
Formación : Rossana Treviño.
Título original : *365 histoires du soir*.

D. R. © MMVI Éditions Hemma (Bélgica)

D. R. © MMVI Ediciones Larousse S.A. de C.V.
          Renacimiento núm. 180, México 02400, D.F.

ISBN 28006-93355 (Éditions Hemma S.A)
ISBN 970-22-1638-9 (Ediciones Larousse, S.A. de C.V.)
      978-970-22-1638-4

PRIMERA EDICIÓN — 3ª reimpresión

Impreso en México – Printed in Mexico

Este libro se terminó de imprimir en agosto de 2010
en World Color Querétaro S.A. de C.V., Fracc. Agro Industrial
La Cruz, El Marqués Querétaro,
México.

365
historias
para dormir

Catherine Tessandier   Valerie Videau

Laure de Bailliencourt   Guillaume Trannoy

Traducción de Mónica Portnoy

1 ¡Feliz año nuevo!

¿Qué pasa esta mañana en el bosque?
Ni un ruido de pasos, ni el menor murmullo que provoca
el golpeteo de alas y tampoco el menor gorjeo
de pájaros.
¡NADA!
Y sin embargo, ¡el sol está ahí!
Bueno, no uno grande y amarillo, no, no, más bien
uno pequeño, ligeramente cubierto por algunas
nubes...
—¡Ya sé!, dice la ardilla Raúl mientras salta
de rama en rama. ¡Es primero de enero!
¡Todos los años pasa lo mismo! Todo el mundo
duerme... Pero a mí me encanta cuando todo
se mueve, hormiguea o gruñe en el bosque...
Además, tengo una sorpresa...

• • •

2 El despertar de Raúl

Raúl baja de su pino y se precipita directamente hacia la estrecha madriguera de sus amigos los conejos.
Después, sin siquiera llamar a la puerta, se pone a aullar:

—¡Yuju!, amigos, ¡soy yo, Raúl!
Unos segundos después,
Leo, el mayor de los conejos,
asoma su hocico:
—¿Te parece bien que grites
de ese modo a las 7 de la
mañana?, refunfuña.
Vas a despertar a mis padres
y a mis diez hermanos.
¡Bailamos toda la noche!
—¡Tengo una gran sorpresa!,
responde Raúl, impaciente.
Ven a ver. • • •

Enero

3 Una casa nueva

Completamente dormido, Leo se pone su abrigo
de plumas especial de conejo.
—¡Espérame!, se quejaba, zigzagueando a duras
penas entre los árboles. ¿Adónde vamos?
—¡A un palacio!, contesta la ardilla. Finalmente,
los dos amigos llegan al pie de un gran roble...
—¡Después de ti!, dice Raúl, mientras empuja
una puerta completamente escondida. ¡Entra!
Leo se desliza por el agujero y luego llega
a una habitación inmensa.
—Ésta, ¡es la sala!, señala Raúl, muy orgulloso.
Allí, más abajo, ¡están los cuartos! ¿Te gusta?
El conejo estaba estupefacto, no daba crédito
a lo que oían sus largas orejas. Mientras Leo
bailaba con su familia, ¡Raúl les construyó una
casa nueva! ¡Una de verdad, llena de espacio!
—¡Vamos rápido a despertar a mis hermanitos
y a mis papás!, exclamó Leo, loco de contento.
¡Si es demasiado temprano, ya no importa!
¡El año está empezando de maravilla! ¡Nos mudamos!

4 ¡Queremos dormir!

Desde hace una semana, ¡Igor y Víctor no hacen otra cosa que dormir! ¡Verdaderas marmotas!
Es cierto, pero en realidad, ¡acompañaron a Santa Claus a todos lados! ¡Y tiraron de su pesado trineo
durante una noche larguísima!

Pero, a propósito, ¿cómo hizo Santa Claus
para saber cuáles eran los renos
más fuertes? Víctor tiene la respuesta,
¡claro que sí! Él se acuerda de la noche
que Santa Claus los eligió, a él y a Igor.
Todos los renos de la región tenían una
cita con Santa a la medianoche. Era muy
tarde, pero Santa Claus lo había hecho
con toda la intención. Escondido detrás
de la ventana de su casa, observaba cómo
llegaban los renos candidatos. Todos
avanzaban lentamente, medio dormidos...
¡excepto Igor y Víctor! Por supuesto
que ellos fueron los más capaces para
transportar los regalos...

5 ¡Bonito resbalón!

El pato Renato adora
el invierno. ¡Es fantástico!
¡El mar está congelado!
—¡Mamá!, dice mientras
se balancea por el hielo.
¿Puedo hacer una carrera
con mis amigos?
—De acuerdo, pero ¡ten
cuidado, está resbaloso!
Renato y sus tres amigos
se ubican en la línea de partida.
Su mamá baja la pequeña bandera
y ¡vámonos! Todos se lanzan al mar
congelado. Renato patina como un loco sobre sus patas palmeadas, se impulsa más y más rápido...
Va a ganar. No hay ninguna duda. Pero no puede detenerse para nada...
—¡Auxilio! ¡Socorro!, exclamó Renato al pasar la línea de llegada.
¡Pobre Renato! Ahora da vueltas como un trompo en medio del mar...
¡No ganó la carrera, pero Renato hizo un muy buen número como payaso!

6 Pedro el cerdo

Pedro el cerdo tiene un problema. No tolera que lo traten
como cerdito.
—¡Ven a preparar la rosca con nosotros!, le proponen
sus hermanos.
—¡Claro que no! ¡Me voy a ensuciar!
Verdaderamente, ¡Pedro es muy maniático!
Sus hermanos le prepararán una sorpresa... Ponen
un montón de chocolate derretido en la rosca, luego,
dejan un regalo dentro de ella.
—¡Ven a probar nuestra rosca muy caliente!, le dicen.
Pedro va a dar una probada a la rosca, pero uno
de sus hermanos la voltea y... todo el chocolate
cae sobre la panza de Pedro.
—¡Ja, ja, ja!, se ríen sus hermanos.
—¡Comes como un verdadero cerdito!
Pedro está todo de color marrón, aunque descubre
que ¡la rosca de chocolate está tremendamente buena!
Y quiere más, ¡para que le toque la sorpresa!
Desde ese día, Pedro es un verdadero cerdito. Como los demás...

7 ¡Buenas noches, luna!

Una vez por mes, los lobos del bosque florido se dan cita
para observar el espectáculo más bello del cielo... Ahí está la luna,
¡toda cachetona!

—¡Parece como si nos guiñara un ojo!, le dijo Lulú a su amiga Lolita.
Con el hocico apuntando hacia el cielo, los lobos admiran la luna
de manera silenciosa. Pero, al momento de partir,
¡Lulú y Lolita ya no están ahí!

—¡Aúuu! ¡Aúuuuuu!, aúllan los lobos, buscando entre los pinos.
¡Shhhh! Lulú y Lolita no están lejos... Se acaban de dormir
en el hueco de una roca.

—No las despertemos... susurran sus papás.
Los lobos están de acuerdo: se acurrucan unos junto a otros
y se duermen calientitos.

Al día siguiente, hacen una promesa: cada vez que haya luna llena,
dormirán bajo las estrellas... ¡Estuvo fantástico!

8 ¡Achís!

Esta mañana, Rosalía no está contenta. La pradera está muy fría y sus pezuñas se entierran en el lodo.
—¡Achís!, protesta sin parar. De repente, estornuda otra vaca...
—¡Achís!, estornuda otra...
¡Qué concierto tan triste en la pradera!
—¡Esperen!, dijo Jacinta, la única vaca sana,
les voy a soplar aire muy caliente en el lomo.
¡Se van a sentir mucho mejor!
—¡Achís!, responden sus amigas.

Súbitamente, el perro del granjero
pasa cerca de la pradera. Se da cuenta
de lo que pasa y corre inmediatamente
hacia la granja. Una vez ahí, se pone
a ladrar con todas sus fuerzas
para que el granjero lo siga. Cuando llegan
a la pradera, ¡todas las vacas están
completamente resfriadas!
—¡Vamos, preciosas!, dijo el granjero,
¡al establo!
Rosalía recupera la sonrisa; se acuesta sobre la paja... ¡sin estornudar!

9 Rocco el gallo

Rocco está de mal humor. Los vecinos de la granja de al lado
¡compraron un gallo que canta muy, muy temprano!

—¡Haz algo, Rocco!, dicen las gallinas, todavía medio
dormidas, ¡para eso eres el jefe del corral!

Rocco levanta su cresta con dignidad y vuela
hacia la casa del vecino.

—¡Te propongo un trato!, le dice con voz firme al gallo
madrugador. O bien cantamos un día sí, un día no,
cada quien cuando le toca, o bien cantamos los dos
juntos, a la misma hora, en punto. ¡Tú eliges!

El gallo se queda pensando y luego anuncia:

—Un día canto yo, y el otro, cantas tú, está bien así.
De esa manera, ¡podremos levantarnos tarde cada tercer
día! Y te lo prometo, ¡yo cantaré puntualmente!

Sólo que los dos gallos amigos descubrieron que era
formidable dormir hasta tarde y ¡ambos dejaron de cantar por completo!
Por suerte, existen los despertadores...

10 El remojón de Polo

Sin lugar a dudas, en la aldea, ¡Polo es el más guapo! Por desgracia, el caballo jamás gana un solo concurso...

—Voy a intentar en el concurso de belleza, suspira. Por lo menos,
¡estoy seguro de ganarlo!

Polo sale muy emperifollado... En el camino, se encuentra
con la bella Inés. Galopa para alcanzarla pero, por desgracia,
se resbala sobre una placa de hielo y lanza por el aire
las cuatro herraduras ¡justo frente a ella! Pobre Polo,
¡tiene tierra y nieve derretida por todos lados!

—¡No te preocupes!, le dice Inés, conozco
un zorro muy astuto. ¡Sígueme y verás!

¡Inés tenía razón! El zorro se apoderó de su vieja
manguera para regar las plantas y ¡pschhhhh!
¡Polo se da una buena ducha fría! Polo quedó
muy limpio, pero fue Inés la que ganó el concurso.
Ya no importa, desde entonces los dos están
siempre juntos...

¡La fiesta!

En el fondo de su madriguera, Paca
y Puca duermen a pierna suelta.
Igual que todas las marmotas,
sólo se despertarán cuando llegue
el buen tiempo...
¡Salvo que un conejo feliz llegue
a tocar con bombo y platillo
a su puerta!
—¡Arriba, muchachas!, exclama Leo
el conejo. ¡Vengan! ¡Rápido!
Paca abre un ojo y refunfuña:
—¡Déjanos dormir! Afuera hace mucho
frío para nosotras...
—¡No se preocupen, que no van a salir!,
puntualiza Leo. Voy a hacer una gran fiesta en mi casa,
¡en mi nueva madriguera! Está justo al final de su pasadizo. ¡Todo el mundo las espera!
Nunca antes las marmotas habían bailado y se habían reído tanto. ¡Hay que recordar que Leo había
previsto todo!
¡Había globos, una lluvia de confeti y serpentinas!
¿Saben quiénes fueron las últimas en irse a dormir? ¡Las gemelas Paca y Puca!

12 ¡Cuidado, papá castor!

Sin importar si hacía viento o llovía, papá y mamá castor
trabajaban a la orilla del río. ¡Crac! ¡Croc! ¡Cric!,
hacen al cortar las ramas con sus afilados dientes.
—¡Mira!, dice papá castor. ¡Nuestra choza se verá
aún más bonita! Lo único que nos falta es una rama
grande para la entrada.
Por desgracia, papá castor va un poco rápido
y ¡poinc! se da un terrible golpe en la cabeza.
—¡No puedo moverme!, se queja.
Mamá castor tiene una idea. Se va rápidamente
a la choza, busca entre las cosas de verano
y encuentra un verdadero tesoro: ¡el colchón inflable!
Sopla muy fuerte para inflarlo y vuelve a salir,
echándolo abajo, a la mitad del río.
—¡Sólo tienes que dejarte deslizar por el agua!, dice mamá
castor mientras acomoda a su marido sobre el colchón inflable.
A papá castor le duele todo, pero al cerrar los ojos, ¡se siente casi de vacaciones!

13 ¡Buenos días!

¡Qué locura esta mañana! Todos
los animales se reunieron desde
muy temprano para celebrar su gran
reunión anual.

—Bonjour!, dijo la vaca.

—¡Buenos días!, dijo el burrito.

—Zao, dijo el panda.

—God morgen, dijo el reno.

—Buongiorno, dijo el perro.

—Good morning, responde Manú,
la gata de angora.

Mina, la gatita más pequeña, escucha
sorprendida esta magnífica asamblea.

—¿Qué están diciendo?, susurra Mina
en la oreja de Manú.

—Se están saludando en el idioma de sus países, explica Manú.

—¡Qué fantástico, todas esas palabras!, maúlla Mina. Cuando sea mayor, voy a viajar por todos los países
del mundo y voy a aprender todas esas lenguas, vas a ver...

14 ¡Uuh, uuh!

Lupi jugó, corrió, saltó y bailó durante todo el día.
Pero ya llegó la noche y Lupi se adentró en el bosque.
En este momento, está tan oscuro que ¡Lupi ya no ve
nada! Y no puede encontrar el camino de regreso a su
guarida.

—¡Aúuu! ¡Aúuuuuu!, solloza Lupi. ¡Estoy perdido!

—Uuh... Uuh. ¿Quién está llorando así?, pregunta
Chucita, la lechucita, encaramada en la parte más alta
de un árbol.

—Aúuuauuu... ¿Tú también eres un lobito?, pregunta Lupi.

—No, responde Chucita. ¡Yo soy una lechuza! Uuh uuh...
pero me encantaría ser tu amiga. Acuéstate aquí, al pie
de mi árbol. Mañana, muy temprano, te acompañaré hasta
tu guarida.

Lupi también quiere hacerse amigo de Chucita, por lo que,
a veces, ¡shhh!... regresa discretamente al árbol donde vive
la lechuza para dormirse cerca de ella...

15 ¡Cerdín ya no soporta más!

—¡Es todo de color rosa! ¡Es todo de color rosa!,
canturrean sus amigos.

Cerdín se enoja, se pelea, llora, ¡no hay nada
que pueda hacer!

Desde que llega, los escucha repetir:

—¡Es todo de color rosa! ¡Es todo de color rosa!

—Si quieres, le propone su amiga Cebra, te pinto
unas bonitas rayas negras y blancas y vienes a jugar
con nosotras, las cebras. Inmediatamente después,
Cerdín, pintado de rayas blancas y negras, se une
a sus nuevas amigas. Pero las cebras caminan muy rápido
y Cerdín tiene las patitas demasiado pequeñas.

—¡Buuuu!, llora Cerdín, solo y abandonado.

—La verdad, yo creo que te ves muy bien todo rosa,
le murmura al oído una vocecita muy dulce.
Se trata de Puerquita, que llega a consolarlo.

16 Ratón se va

Fido, el perro, se encuentra con Ratón que lleva
su petate sobre la espalda.

—¿Te vas de viaje, Ratón?, le pregunta.

—Lamentablemente, dijo la rata, mi vida
en la granja se ha vuelto insoportable.
El granjero me detesta. Aunque yo hice todo
lo que estaba a mi alcance para ser su amigo.
Compartí su pan, probé de su harina, roí
los viejos papeles que tanto le estorbaban.
Varias veces, me subí a su mesa mientras
estaba comiendo, sólo para saludarlo.
Pero entonces se pone rojo, empieza a dar
alaridos y me persigue para echarme
a escobazos...

—¡Pobre ratón!, exclama Fido.

—¡Y lo que faltaba!, hoy trajo un gato
que compró en el mercado. Por todo esto
tomé la decisión de irme de la casa.

17 ¡Pío! ¡Pío!

Pío, el gorrioncito, tiene hambre. En la rama del viejo roble, Pío llora:

—Pío, pío, tengo hambre. ¡Yo tengo HAAAMBRRRE!

Raúl, la ardilla, hiberna tranquilamente en el hueco del viejo roble. Los gritos de Pío lo despiertan, saca la cabeza y se queja, muy furioso:

—Deja de aullar de ese modo, Pío. ¡Ya sabes que yo duermo hasta que llegue la primavera!

—¡Píiiiiiio! ¡Tengo hambre!, vuelve a decir el gorrión.

Raúl, ya harto, se sumerge en su hoyo y luego regresa con un puñado grande de granos.

—¡Ten! ¡Come y vete!, dijo la ardilla, antes de volver a hibernar.

Pío picotea vorazmente todos los granos. No había terminado de tragar el último grano cuando abre muy grande su pico y da un grito:

—¡Tengo sed! ¡Tengo SED!

18 ¡Al agua, pingüinos!

En fila india, los pingüinos van a bañarse.

—¡A bañarnos! ¡A bañarnos!, canturrean alegremente.

Pingüi arrastra la pata.

—¡Yo ya me bañé ayer!, refunfuña. Estoy muy limpio. Y además, hoy hace mucho frío.

—¡Vamos! ¡Al agua!, grita mamá Pingüino. ¡Ahora mismo!

—¡Nooooo!, grita Pingüi.

—Ten cuidado, ¡que viene el lobo blanco y te va a comer!, dice mamá Pingüino.

Inmediatamente, Pingüi da un salto hacia el agua y nada con todas sus fuerzas. Sobre el banco de hielo, todos los pingüinos se ríen porque mamá Pingüino ¡le volvió a hacer una broma a su hijito Pingüi!

¡Quiero miel!

Todo está tranquilo en el bosque cubierto de nieve. En el hueco de su madriguera, Grisón da vueltas y vueltas. No puede dormirse. Sin embargo, en esta época del año debería estar hibernando profundamente, como lo hacen todos los osos.

Pero, cada vez que cierra los ojos, Grisón ve un frasco de miel ENORME.

—Tengo hambre, ruge. ¡Quiero miel!

¡Grisón hace tanto ruido que despierta a todos sus vecinos! Chucita, la lechuza, ¡ya no aguanta más!

—¡Ya cállate, tú! ¡Duérmete!, le ordena a Grisón.

Pero Grisón se pone a llorar: "¡Quiero miel!" Desesperada, Chucita va a buscar un frasco de miel y lo deja en la madriguera de Grisón.

—¡Hmmm, hmmm, hmmm, hmmm, qué rico! Grisón hace tanto ruido que ¡vuelve a despertar a todos sus vecinos!

¡Qué circo!

"¡Gran espectáculo de circo en la plaza del pueblo!", se escucha en las calles.

—¡Qué suerte!, exclama Fido, el perro de caza. ¡Voy a ir ahora mismo!

Justo enfrente de la carpa, se encuentra con Peluche, el caniche, que suspira y gime muy fuerte.

—¿Por qué lloras?, le pregunta Fido.

—Por desgracia, esta noche, otra vez, tendré que caminar en dos patas, brincar a través de un aro... ¡Ya no aguanto más, no aguanto!

—No sabes cómo me gustaría ser una estrella, se lamenta Fido. Ahhh... Las luces, la música, los aplausos...

—Si quieres, ¡te cedo mi lugar!, exclama Peluche. Estoy seguro de que puedo ser un excelente perro de caza. El intercambio se hizo de manera inmediata. Desde ese día, ¡Fido es la figura principal del espectáculo!

21 Los calcetines de Florita

A Florita, la pulga, no le gusta nada el invierno.
—Tengo frío en las patas, se queja y se queja.
—¡Cállate! ¡Pero cállate ya!, le protestan los demás
habitantes del corral, desesperados. Pero Florita
se queja, de la noche a la mañana.
—Ve a ver a mi amiga Susi, la araña, le dijo un día
el pato azul. Seguro que ella encontrará una solución.
Es cierto, Susi no tiene igual a la hora de tejer
calcetines. Ahora, si hay viento o si nieva,
Florita trae puestos calcetines.
Está tan orgullosa que se la pasa repitiendo:
—¿Ya vieron mis calcetines? ¿Ya vieron...?
—¡Ya cállate!, le gritan los demás, exasperados.

22 La hora de la siesta

¡Hiii!
Fidelio se despierta sobresaltado.
—¡Socorro, Fidelio! ¡Hay un ratón en la cocina!,
grita su ama. De un salto, el gato está en la cocina.
Desgraciadamente, el ratón ya se escurrió
por un agujero pequeñísimo, cerca del lavadero.
Fidelio trata de deslizar la pata por el hoyo,
pero no lo logra, el agujero es demasiado pequeño.
Este ratoncito acabará finalmente por salir de ahí.
Entonces, ¡Fidelio espera!
El gatito se estira y se instala cómodamente.
Sueña con comerse a la pequeña bestia,
con que su ama lo felicita, lo acaricia, le sirve un plato
lleno de leche... Fidelio ronronea de felicidad,
cierra los ojos y... ¡se duerme!

Un bigote aparece por el hoyito, luego aparece un hocico puntiagudo... y el ratoncito pasa rápidamente
frente a las narices de Fidelio, dormido.

23 La cabaña de Moka la foca

La cabaña de Moka es un hueco pequeño en el banco
de hielo. Moka se esconde en ella y, desde ahí,
observa a sus amigos:

—¡Moka! ¡Moka!, gritan todos, ¿dónde te escondes?
Ven a pasear bajo el agua.

Moka asoma el hocico y responde:

—¡Vayan sin mí! Me quedo en mi cabaña.

Los curiosos amigos quieren ver la cabaña de Moka.

—¿Puedo entrar?, dice Biba.

—¿Y yo?, dice Zelda.

—¡Yo también!, agrega Zig.

Moka los ayuda a entrar en la cabaña.

—¡Voy a mostrarles el secreto de mi cabaña!, proclama.
Yo puedo ver el fondo del mar a través de ese muro de hielo.

—¡Ohhh!, exclaman sus amigos mientras admiran el espectáculo.

En la cabaña de Moka, cada vez hace más calor. El hielo se derrite
lentamente. El espejo desaparece y todos nuestros amigos están... en el agua.

—¿Listos para el paseo?, grita Zig.

—¡Vámonos!, dice Moka nadando como una loquita.

24 La partida de las belugas

Es el momento indicado para que la familia Beluga parta hacia el Sur.

—Pero, ¿dónde están los niños?, pregunta la mamá.

—¡Niños! ¡Ya nos vamos! ¡Vengan ya!,
grita el papá.

Belo ya está acá, pero Belu desapareció.
Papá y mamá se empiezan a preocupar.

—¡Siempre es lo mismo! Justo cuando nos vamos,
¡él no está aquí!, dice mamá Beluga, enojada.
¡Ya se fue todo el mundo! Y a mamá no le gusta
nada viajar sola. El mar no siempre es seguro
para una familia de belugas.

De repente, una vocecita muy conocida resuena
en el fondo del mar.

—¡Espérenme! Fui a buscar conchitas
para mami Bela.

Ahora, mamá ya no puede regañar
a su pequeño Belu que tiene tan buen corazón.

¡Hacia los mares del Sur!

Gil, el águila real, vuela sobre el campo. Tiene que traer la comida, pero ésta no es muy abundante en el campo... De repente, más abajo, Gil ve un conejo. Da vueltas y vueltas y se lanza sobre el animal... que desaparece por un matorral. Gil aterriza, con las garras vacías. Y se lamenta:

—¿Cómo haré para alimentar a mi familia?

—Tengo una idea, dice el conejo, bien escondido, pero prométeme que vas a dejar tranquila a mi familia.

—¡Está bien!, promete Gil. ¡Vamos, cuéntame!

—Cerca del pueblo, explica el conejo, el carnicero guarda la carne detrás de su casa. Puedes acercarte fácilmente y encontrarás tu desayuno.

Gil se va contento hacia el pueblo, donde elige un filete y también... ¡una chuleta!

—¡Gracias, conejo!, grita Gil, mientras vuela hacia la cima de las montañas.

Álcida, la frailecilla

Álcida, la frailecilla, construyó un nido para poner
un gran huevo. En una gruta del acantilado acomoda
plumitas muy suaves. Orgullosa de su nido,
sale a pescar su desayuno. En el momento
en que emprende el vuelo, observa, muy cerca
de su nido, a un desconocido que la vigila.
Álcida no conoce a todos los pájaros de la colonia,
pero tampoco desconfía.
Luego de una buena jornada de pesca, regresa a su nido
con tres pescados en el pico y... ¡sorpresa! ¡Ya no queda
ni una pluma en su precioso nido!
—¡Al ladrón!, grita. ¡Mi nido fue saqueado!
Y un frailecillo muy guapo se posa delante de ella:
—Aquí están tus plumas. Atrapé al ladrón. Puedes quedarte
empollando, yo pescaré por ti.
Álcida observa, muy emocionada, al guapo frailecillo y le ofrece compartir su desayuno...
¡y otras cosas que tengan en común!

Mili busca el pan

Mili, la ratoncita, tiene que ir a comprar el pan.
Está nevando mucho.
—¡Una! ¡Dos! ¡Tres! ¡Ya voy!, se dice Mili.
Mili avanza a duras penas cuando, de repente,
ve dos puntas pequeñas que sobresalen de la nieve.
Mili está aterrorizada:
—¿Quién anda ahí?, pregunta con una vocecita
entrecortada.
—¡Miau!
¡El gato! Mili huye a toda velocidad y regresa
rápidamente a su casa.
Ni bien llega, escucha: ¡Toc, toc!
Por la mirilla de la puerta no ve a nadie...
Un poco preocupada, Mili entreabre la puerta,
y ¿qué es lo que ve? Pequeños panes
muy calientes. Y al primo Tomás que se ríe
de su broma.
—Primo Tomás, ¡qué malo eres! ¡Imitaste al gato!
Pero de todos modos, entra a compartir conmigo
estos panecillos.

28 La galleta de Ramona la paloma

Por la ventana de la panadería brillan unas galletas
enormes y doradas.
—¿Cómo haré para acercarme?, dice Ramona
la paloma. Los niños dicen que están buenísimas;
me encantaría probarlas.
Papá Palomo se pone a recordar:
—Cuando yo era pequeño, seguía a los niños que salían
de la panadería. Todas las miguitas de galleta que caían,
yo las picoteaba. Galletas y mazapanes, probé de todo.
¡Ahora es tu turno, Ramona! ¡Yo te miro!
Ramona se abalanza detrás de un muchachito.
El muchachito se inclina y le extiende su galleta.
¡Está muy sabrosa! En señal de agradecimiento,
Ramona se posa sobre el hombro del niño.
—¡Gracias, muchachito! ¡Cucurrucucú!

29 Jano, el perro siberiano

Jano, el perro de trineo, jamás había visto eso.
¡Un perro en un bolso de mano! ¡Y su ama camina como si nada!
Jano sacude la cabeza y luego vuelve a dormirse. Poco después,
un ladrido se oye en el sendero. Jano da un brinco:
—Pero, ¿qué haces ahí, tan solo?, le pregunta al perro.
—Quise saltar de la bolsa y mis patas se congelaron.
—Pero, ¡tú no eres de aquí!, ¿verdad?, dice Jano. Tus tres pelos
no te van a mantener caliente.
—Claro, con ese pelaje seguro que nunca tienes frío, le dijo
el caniche.
Jano acomoda al caniche entre sus patas para darle calor.
¡Pero entonces la dueña del perrito se acerca gritando!
—¡Espera!, dijo Jano, refunfuñando, voy a asustarla.
—¡Oh! ¡Mi bebé!, dijo la señora, retrocediendo.
—La verdad, ¡me sentí muy bien, calentito, contigo!, suspira
el caniche, pero tengo que ir con ella. Ya sabes, mi ama siempre
se preocupa por mí...

30 Vic, la lombriz

—¡Al fin tranquilidad!, dice Vic, sacando la cabeza de la tierra.
¡Ningún arado, ningún azadón! Finalmente puedo pasear
sin correr el riesgo de que me corten a la mitad.
—¡Buenos días!, dice una voz suave detrás de él.
Vic apenas se atreve a moverse, pero la voz insiste.
—Bueno, mal educado, ¡al menos podrías responder al saludo!
—¡Buenos días!, responde Vic mientras se vuelve.
—¡No es tan temprano! Me llamo Vicky y vivo aquí. ¿Y tú?,
dice la señorita lombriz.
Vic piensa que Vicky es divertida, pero ¡cómo habla!
Vicky entendió:
—¡Ya sé! Hablo demasiado, pero si quieres jugar
a las escondidillas, puedo callarme por lo menos durante
un minuto.
¡Vic está de acuerdo! Hoy pueden jugar a las escondidillas,
mañana a la rayuela. Vic está muy contento de tener
una nueva amiga...

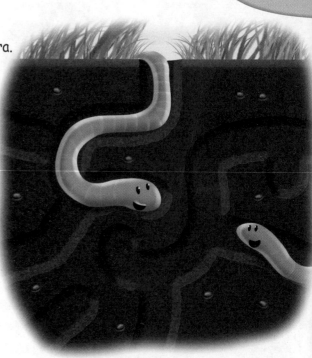

31 Las costumbres de Rorro

El campo está completamente blanco.
—¡Vaya!, dice Rorro, el zorro polar, ¡todo desapareció!
—¡Pero no!, dice mamá, es sólo la nieve
que cubre el campo.
—¿La nieve? ¿Y tú?, pregunta Rorro,
¿estás cubierta de nieve?
—No, pero nuestro pelo se blanqueó
para escondernos de los malvados en la nieve.
¡Tú también estás blanco!
—¿En serio?, dice Rorro, sorprendido.
Y la nieve, ¿se va a quedar para siempre?
—Cuando llegue la primavera, la nieve
desaparecerá bajo los rayos del sol,
y nosotros nos pondremos pelirrojos.
Afuera, Rorro se cruza con Lobo Gris,
que pasa sin verlo. Rorro regresa
inmediatamente a casa.
—¡Mamá! ¡Lobo Gris ni siquiera me vio!
—Ya ves, dice mamá, ¡estar todo blanco tiene
sus ventajas! Rorro coincide con ella. Ahora,
a esperar la primavera...

Bú el búho

1

Cuando empieza a oscurecer y mamá llama a Bú, todos los animales desaparecen. Eso hace que Bú esté triste. Él quisiera tener amigos con quienes jugar pero, durante el día, Bú duerme.
¿Y de noche?
En el momento en que mamá dice:
"¡Bú! ¡Ven conmigo al gran roble!", todo se agita en los nidos, cruje en el follaje, y después ¡nada! Sin embargo, Bú tiene una idea para la mañana siguiente.
—Cuando mamá se vaya a dormir...
¡Van a ver lo que van a ver!, dice Bú, muy fuerte.
Mamá tuvo una noche muy cansada y al amanecer, cuando regresa, se duerme inmediatamente.
En lugar de dormir como todos los búhos, ¡Bú se desliza fuera del nido y se va al campo!

. . .

2

—Pero, ¿qué estás haciendo ahí?, dice el ratón de campo, inquieto y furioso. ¿Acaso no sales de noche? Y duermes durante el día. Si no, ¿cuándo voy a poder salir yo?
—Te prometo que no voy a hacerte nada. Lo que pasa es que de noche todo el mundo se va. ¿Quieres que seamos amigos?
—¿Amigos? ¿Un ratón de campo y un búho? ¡Eso es imposible!
—¿Por qué?, pregunta Bú.
—En principio, ¿cómo te llamas?
—¡Bú!, responde Bú el búho.
Al oír ese nombre, las madrigueras retumban y las hojas vuelven a crujir.
—¡Bú! ¡Ése no es un nombre! ¡Es un grito que da miedo!
—¿Qué puedo hacer?, dice Bú.
—No llores, le dice el ratón de campo. ¡Nos vemos mañana y mientras pienso en algo!

. . .

Febrero

3 Al día siguiente, Bú regresa al lugar de la cita.

—¡Bú!, dice el ratón de campo, que aparece de repente.

El búho da un salto. Luego se repone:

—Ya entiendo, dice, todos piensan que voy a asustarlos.

—¡No seas malo!, dice el ratón de campo, ¡tengo una idea!

—¡Te escucho!, dice Bú, muy interesado.

—A partir de ahora, vas a llamarte *Bonito.*

Bú piensa que eso es verdaderamente extraño,
pero no tiene nada que perder...

—Voy a hablarlo con mi mamá. ¡Hasta mañana, ratoncito!

—Mamá, ¡quisiera que ahora me llamaras *Bonito*!

—¡Podemos probar!, dice mamá.

Ya es de noche y mamá llama a su bebé búho.

—¡Bonito! ¡Bonito!

Todos los animales salen de su escondite para ver quién
es tan lindo. Bú llega con su mamá y escucha
la vocecita del ratoncito, que dice:

—Ya ves, Bú, ¡te dije que iba a funcionar! Nos vemos
mañana,
si sigues siendo mi amigo...

4 Los hermosos cuernos de Albán

—¡Ja, ja, ja! ¡Albán no tiene cuernos!, se burlan sus amigos.

—¡No me importa!, dice Albán, poniendo mala cara,
cuando sea mayor, ¡voy a tener los cuernos más hermosos del bosque!

—A mí me da lo mismo que no tengas cuernos, dice Flora,
así cuando juegue contigo no me lastimarás.

—¡Pero ya estoy cansado de que se burlen de mí!, llora Albán.

—¡Ven! Vamos a ver al doctor Pérez, propone Flora,
¡él debe saber la razón!

El doctor recibe a Albán sorprendido:

—¿Qué tienes, Albán? No pareces enfermo...

—Mis amigos se burlan de mí porque no tengo cuernos.

El doctor se ríe a carcajadas y le explica:

—Aún eres muy joven. El próximo verano te saldrán. Y todos
esos malvados perderán sus cuernos a partir del mes que viene,
así que paciencia, Albán, ya vas a tener tu revancha...

—¡Que llegue pronto el mes que viene!, dice Albán al salir del consultorio.

5. El pavo cantor

Tavo es un pavo joven. Le encantaría cantar
como lo hace Rocco.

—¡Cédeme tu lugar, Rocco!, le pide,
aunque sea una vez.

—No es tan sencillo, pero si quieres, ¡inténtalo!,
responde el gallo.

Rocco se sube a la cerca y le tiende un ala
a su amigo. Pero Tavo está muy pesado.

—Ni modo, ¡me quedo abajo!

—A ver, ¡tienes que hacer un buen quiquiriquí!,
dice Rocco.

—¡Gluglú gluglú!, hace Tavo.

—Con ese "gluglú", ¡nunca despertarás
a las gallinas! Escucha cómo lo hago.

—¡QUIQUIRIQUÍIIIII!, canta Rocco, muy orgulloso.

En eso, una bandada de gallinas llega a toda prisa.

—¡Ah, qué gracioso! ¡Son las ocho de la noche
y tú despertando a los pollitos!

Tavo espera a que pase el enojo de las gallinas y luego le dice a Rocco:

—Tienes razón. Ése es tu trabajo. Puede ser bastante peligroso para mí...

6. Celestilla, la herrerilla

—¡Está decidido! Ya no volveré a comer carne, dice Celestilla.
Esa lombriz tiene un sabor espantoso. ¿Cómo puedes comértela?

—¡Tienes razón!, dice Polita, he comido mejores, pero todavía
estamos en invierno y no hay otra cosa que llevarse al pico.

—Yo sé dónde podemos encontrar buena comida, anuncia Celestilla.
Siempre escucho gritar a los niños. "Vamos a la pastelería de la abuelita
Tartina, ¡ahí todo es muy bueno y hace calor!"

—¡Vamos entonces!, responde Polita llena de entusiasmo.

Celestilla tiene razón: abuelita Tartina adora a los niños
y a los pájaros. Después de que los niños saborearon sus pasteles,
abuelita Tartina pone las miguitas en una casita de madera,
muy lejos del alcance de los gatos.

—¡Qué exquisitez!, dice Polita.

—Mientras esperamos la llegada de la primavera, ¡aquí nos daremos
nuestros banquetes!, dice Celestilla. ¡Hasta mañana, Polita!

7 ¡Erasmo dice no!

¿Alguien ha visto a Erasmo el asno con un cincho en el lomo? ¡Seguro que tú no! Es que Erasmo, desde muy pequeño, se niega a usarlo. Su papá le dijo "el cincho lastima, hijito". Entonces, el asno cabeza dura decidió que él podía cargar cualquier cosa, menos el cincho del granjero. Cuando éste se acerca para poner ese gran pedazo de madera sobre su espalda, Erasmo se pone a dar de coces con todas sus fuerzas. Un día, el pequeño Lalo llegó con un cobertor muy suave y muy grueso. Lo puso sobre el lomo de Erasmo y le dijo al oído: "¡Muy suave y muy bonito!, Erasmo, mi amigo. Voy a subirme a tu lomo y nos iremos a pasear". Lalo se acomodó y pasearon por el pueblo. Erasmo está muy contento con su cobertor calentito y con un Lalo que no pesa más que una pluma. Pero un cincho no, ¡él no quiere uno de ésos!

8 Racún, el mapache

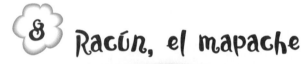

El frío y el hambre despiertan a Racún. Entonces decide salir a buscar algo para comer: sabe que en el pueblo hay un bote de basura muy lleno; ayer fue día de carnaval y ¡seguro encontrará algunas crepas perdidas!

Se acerca a la primera casa y ¿qué es lo que ve?

A Lara, su prima, que se echa a correr. Y el bote de basura completamente vacío...

¡Decide seguir a Lara!

La encuentra en la puerta de su madriguera:

—¡Ven!, dice Lara, bastante divertida.

Fui más rápida que tú, pero no puedo comer todo esto yo sola. ¡Compartamos la comida de la fiesta!

Racún entra a una madriguera festiva.

Las guirnaldas de malvavisco decoran el techo.

Montones de crepas esperan ser saboreadas.

¡Hasta los gorriones están ahí!

En la madrugada, todos se van a dormir, con la panza llena, mientras esperan la llegada de la primavera...

9 La flor mágica

En lo alto de la montaña, Sam vio una pequeña flor.

—¡Una flor tan bonita debe ser deliciosa!, exclama.

—¡Es una edelweiss!, dice mamá Antílope. No debes cortarla porque es una flor rara.

Decepcionado, Sam se va.

«Si no puedo comerla, debe ser verdaderamente muy especial» piensa.

Sam decide subir hasta donde está la flor para darle un pequeño lengüeteo.

La pendiente es cada vez más cansada, pero Sam está decidido. ¡Él quiere esa flor!

—¡Sam, regresa!, le grita su madre mientras lo observa.

Todavía tiene que pasar una roca pequeña. Salta y... ¡pumba!

Se resbala y aterriza justo delante de mamá Antílope.

—¡Me parece que esa flor es mágica!, dice Sam. Cuando sea grande, ¡la buscaré para ti!

10 Tony, el pony

A Tony le encanta saltar las cercas, las vallas y los obstáculos.

Su mamá le repite constantemente:

—¡Cuidado! Si los señores te ven, acabarás en un concurso hípico.

—¡Pero mamá, es taaaaaan divertido!, relincha Tony.

—¡Este pony no para de moverse!, dice mamá a sus amigas.

Un día, Potoc, un nuevo huésped, llega muy cansado:

—¡Estoy agotado! Me duelen las piernas. Quiero descansar.

Tony se apasiona con el recién llegado:

—¡Háblame sobre los humanos y sus concursos!

—Al principio, dice Potoc, ¡todo es novedad, todo es genial!

Pero después, pasas más tiempo en los camiones que saltando obstáculos.

Tony se siente decepcionado. Potoc lo consuela:

—Si quieres, iremos a saltar obstáculos, pero los humanos no deben vernos...

Después de eso, ¡Potoc y Tony son los primeros en levantarse! Y salen a brincar vallas... ¡a escondidas!

11 ¡Santi tiene hambre!

—¡Mú! ¡Mú!, muge Santi, el becerrito.
—¿Dónde está tu mamá?, pregunta Jacinta.
—¡La perdí! Me dijo: "Vete a jugar, yo regreso
para el almuerzo". Todos los becerritos
han almorzado y yo estoy triste y tengo hambre.
—Espera un poco, ¡vamos a buscarla!
Jacinta se parece a todas las vacas.
—1, 2, 3... ¡Múuuuuu! ¡Rosalíaaaaa!
Rosalía los oye y regresa trotando.
—¿Qué sucede?, dice Rosalía, muy sorprendida.
—Tu pequeño Santi está preocupado
y se muere de hambre.
—¿Está todo bien, pequeño?, dice Rosalía.
Ya puedes comer. Al final de la pradera encontré
el mejor restaurante. En el menú había lluvias de margaritas
sobre una cama de tréboles. Mañana, vamos todas juntas.
¡Santi todavía es muy pequeño para entender que lo que come mamá hace que la leche sepa mejor!

12 ¡Auxilio!

Nuty y sus amigos, los perros San Bernardo, duermen en su casita, cuando de repente...
—¡Vengan rápido!, dice Licha la zorrilla. ¡Oí gritos en la montaña!
¡Alguien debe haberse caído en una grieta!
—¡Levántense!, dice Nuty a los otros dos perros. ¡Es grave!
Los perritos llenan sus toneles con jarabe rápidamente.
Uno con la menta, uno con la fresa y uno con la limonada.
—¡Bravo!, exclama Licha. De este modo,
¡el que esté lastimado tendrá de dónde escoger!
Como buenos rescatistas, los San Bernardo trepan
por la espesa nieve. Sólo que cuando llegan a la grieta,
¿con qué se encuentran?
Con toda la familia de Licha, ¡muerta de risa!
—¡Ja, ja, ja! ¡Era una broma!, dicen los zorrillos.
¡Simplemente teníamos ganas de probar sus maravillosos
jarabes! ¿Quieren un poco?

13 ¡La leche es rica!

Rosalía y sus amiguitas las vacas están cansadas
de que las despierten a las 6 de la mañana
para que les ordeñen la leche.

—¡Ya está!, protesta Rosalía empujando el cerrojo
del establo con su cola. ¡Vamos a dormir
hasta tarde! ¡El granjero esperará!

Más tarde, las vacas se van a pasear. En el camino
se cruzan con una mamá que empuja una carriola.

—¡Uhá! ¡Uhá!, grita el bebé que está adentro.

—¡Pobrecito!, susurra Rosalía. ¡Tiene hambre!
Su mamá olvidó el biberón...

¡Rosalía tiene una idea! Remoja su cola en la pintura
y escribe sobre un cartel:

"Entrega de leche a domicilio a todos
los niños del pueblo."

¡Qué embotellamiento de carriolas cerca de las vacas! Llegaron todos los bebés... ¡Hmmm!
¡Tomarán leche muy buena y calentita!

14 El beso del bisonte

Es el día de los enamorados y todos los bisontes encuentran a sus compañeras en el baile.
Pero Paco es tímido y, además, el horroroso Efraín está enamorado de la misma bisontita que él...
—¡Carla es tan hermosa!, suspira Paco muy triste. ¡Cómo me gustaría que se fijara en mí!
¡Pero Efraín está celoso! ¡Él sabe que Paco está enamorado!
Entonces, discretamente, deja caer una pastilla
para dormir en su vaso.
—¡Listo!, se dice el espantoso Efraín.
Paco se dormirá y yo ¡invitaré a Carla al baile.
¡Pero Carla vio todo! Y le dará
una lección a ese bromista de Efraín.
Ella cambia los vasos y Efraín se toma
el que tiene el somnífero.
¡Rrruuuummmmm sssssss!
Efraín se duerme y Paco ¡baila toda
la noche con Carla!
¿Y qué hicieron después? Se dieron
un beso digno de un bisonte...

15 El champú de champiñones

Simón el jabalí está desesperado, ya no aguanta tener el pelo duro.

—¡No es justo!, se queja. Quisiera parecerme a mi primo el puerquito. ¡Él sí tiene la piel lisa!

—¡Ya no llores!, le dicen sus amigas las liebres. ¡Te vamos a lavar el pelo con un champú revolucionario! ¡Síguenos hasta la orilla del río!

En el camino, las liebres trituran raíces, pican hierbas y tres champiñones. Luego, frotan el lomo de Simón con esta pasta extraña.

Simón espera. En poco tiempo, ¡se verá guapísimo!

—¡Anda!, dice una liebre. ¡Enjuágate en el agua! ¡Está fría pero tú eres fuerte!

Simón se seca muy rápido, pero las liebres se equivocaron de champú... Simón tiene el pelo muy suave, ¡pero rizado como el de una oveja!

16 ¡Marmotas a dormir!

Todos los inviernos sucede lo mismo: Lulú duerme en el calor de su madriguera. Paca y Puca, sus vecinas marmotas, también deberían dormir pero, esta vez, ellas no logran hacerlo...

—¡Vamos a molestar a Lulú!, dicen mientras se dirigen hacia la casa de la osa.

¡Qué traviesas! Antes de hacerle cosquillas, ¡se comen todas sus provisiones! Guili, guili en la nariz, guili, guili en las orejas, entre las garras...

¡Uy! Lulú gruñe al dormir.

Separa sus grandes patas con garras y ¡oh!, encierra una marmota en cada pata.

—¡Estoy acorralada!, susurra Paca, temblando.

—¡Yo también!, resopla Puca.

Pero las marmotas comieron demasiado y se duermen... ¿Se despertarán antes que Lulú, después del invierno?

¡Basta de tortícolis!

Una mañana, todos los cisnes se despiertan torcidos.
¡Pobres! Ya no pueden mover el cuello...
—¡Tenemos tortícolis!, protesta Blanco, un papá cisne.
La culpa es del viento del Norte. Todos los inviernos
sopla por aquí.
—Vamos a la casa de Cuello Largo, ¡nuestro médico
de cabecera!, dice mamá cisne.
¡Hay una fila enorme en el consultorio de Cuello Largo!
¡Todos los cisnes de la región están ahí por la misma razón!
—Lo siento mucho, exclama el doctor. Ya no tengo pomada,
¡pero creo tener una solución! Rápido, se pone a buscar
en su gran armario.
—¡Tengan, tomen estas bufandas!
Encantados y abrigados, los cisnes regresan a su casa. Con el cuello torcido, aunque calentito, se saludan.
Y es un hecho, ¡guardarán sus bufandas para el próximo invierno!

18 Malvada pesadilla

¿Qué está pasando? Filú, el gato, perdió el apetito. Camina muy triste en el jardín. Y ¡pumba!
Se golpea en todos lados... Pobre Filú, no hay de qué sorprenderse: le cortaron sus preciosos bigotes...

—¡No conseguirás comerme! ¡Lalaláaa!, silba un pájaro
que da vueltas y vueltas por encima de la cabeza
del gato.
—¡Yo corro más rápido que tú! ¡Nananáaa!,
dice el ratón, dirigiéndose hacia las garras
del gato.
De repente, el gato da un brinco.
—¡Uf!, suspira. ¡Tuve una pesadilla espantosa,
un sueño malvado!
Filú despierta y va rápidamente hacia
el espejo...
¡Qué bueno! ¡Sus bigotes siguen ahí!
¡Filú está en perfecto estado!
Sale al jardín y se come un pájaro... y un
ratón. ¿Qué tal, eh?

19 La caza de las ciervas

¡Silencio! Las ciervas están reunidas en el claro del bosque...
Pero Bú el búho lanza un grito muy fuerte:
—¡Uu! ¡Uu! ¡Ahí vienen! ¡Corran!, les grita.
—¡Los cazadores!, dice Minerva, la más lista de las ciervas.
¡Ya fue demasiado! ¡Vamos a darles una lección!
Minerva toma su cámara y fotografía a sus amigas.
—¡Vamos, mis ciervitas! ¡Júntense y sonrían!
¡CLIC!
Rápidamente, Minerva coloca la gran foto tamaño cartel
frente a un árbol, luego va a esconderse
con sus compañeras. Esperan a los cazadores...
¡Los cazadores nunca habían visto tantas ciervas juntas!
Disparan de verdad a la foto, ¡pero las ciervas son de mentira!
Y...
¡AY!
Las verdaderas ciervas aparecen detrás de los cazadores y ¡zop! ¡Les dan coces en el trasero!

20 El conejo soñador

Cornejo es un conejo, pero un conejo soñador... Va a encontrarse
con sus amigos en el charquito de al lado.
¡Está completamente congelado!
—¡Miren!, dice, mientras se pone su gorro y sus guantes.
¡Voy a patinar maravillosamente!
Sus amigos ya empezaron a patinar...
—¡Y zzú!, se lanzan encantados.
¡La pata derecha adelante!
¡Y zzú! ¡con la pata izquierda!
Cornejo se acerca al charco, y... ¡oooh!
Cae de un sentón.
—¡Olvidaste tus patines!, se ríen sus amigos.
¡Te pusiste las zapatillas!
Cornejo regresa lentamente a la orilla cuando,
de repente, ¡CRAC! El hielo se rompe y sus amigos
caen en el agua helada... Rápidamente, Cornejo toma
un palo largo y corre de prisa hacia ellos.
—¡Agárrense bien! ¡Arriba!
Cornejo probablemente sea un conejo soñador, ¡pero es un conejo muy valiente!

21 La espuma

Lobito se aburre, ¡no tiene amigos! Escondido detrás
de unos arbustos, observa cómo los hermanos Delaoveja
juegan y dan volteretas en el claro del bosque.
Pero, en el momento en que Lobito se deja ver,
los Delaoveja se echan a correr aullando de miedo.
Entonces, ¡Lobito se queda muy solo y triste!
De repente, tiene una idea... ¡genial! Va hasta el río
con un jabón muy grande. Se enjabona por todos
lados, con fuerza, con tanta fuerza
que se cubre de una espuma muy blanca.
En el reflejo del agua, realmente parece uno de los hermanos
Delaoveja. Muy contento, y lleno de espuma, se dirige
hacia el claro del bosque. De repente, el cielo se oscurece
y empieza a llover... En un segundo, Lobito aparece muy limpio, pero sin la menor burbuja de jabón.
—¡Socorro! ¡Ahí está el lobo!, gritan inmediatamente los hermanos Delaoveja.

22

 "Crooooc crooooc"

Cuervín ya está cansado. Su papá y su mamá,
Grancuervo y Cuervina, no dejan de decirle
que nunca se acerque a los humanos.
—Ellos no nos quieren, le explican. Siempre
han creído que somos amigos de las brujas
y que traemos mala suerte.
Pero Cuervín leyó en un libro, en casa
de su amiga la lechuza, que es muy sabia,
que del otro lado del océano, en un país
llamado Inglaterra, los cuervos son bienvenidos
porque traen buena suerte.
Entonces, junto con sus amigos, prepara
su equipaje y decide irse a vivir allá.
—¿Cómo se dirá "croaaac croaaac" en inglés?,
le preguntó a su amiga la lechuza antes de partir.

 La isla Paraíso

En una casa vieja a orillas del mar viven cientos
de ratones. Cada noche se reúnen en el desván
para escuchar las maravillosas historias
que les cuenta abuelita Ratón. Una de ellas,
particularmente, le gustaba mucho a Mili,
la ratoncita blanca: hablaba de una isla,
al otro lado del océano, a la que nunca había
llegado un gato. Mili soñaba con ver ese
fantástico país, pero ¿cómo podría atravesar
el océano?

—Tengo una idea, le dijo su amigo el pelícano,
súbete a mi pico y ¡hop!, te llevo a esa isla
Paraíso.

—¡Llévame a mí también!... ¡Y a mí también!...
¡Y a mí también!, exclaman los demás ratoncitos.
Desde ese día, cada mañana, cuando amanece, el
pelícano se echa a volar, con el pico lleno de ratones,
hacia la isla Paraíso...

24 El señor Pickwick

Al señor Pickwick le encantan las semillas de girasol.
Las come de la mañana a la noche.
El suelo de su casa está tapizado de cascaritas de semillas,
¡un verdadero tapete mullido!
—¡Berk!, se queja cuando sus amigos le ofrecen
algo distinto. ¡No quiero!
Una mañana, va a casa del señor Tití, el que vende
las semillas y que vive en la cima de la colina. El señor Tití
trajo cacahuates muy crujientes de su último viaje.
—¡Berk!, refunfuña el señor Pickwick, mordisqueando
con la punta de los dientes uno de esos extraños granos.
Bueno... ¡está delicioso!
Rápidamente, el señor Pickwick se traga todos los cacahuates;
se llena el hocico y se mete tal cantidad que se pone redondo
como una pelota, y rueda, rueda hasta el pie de la colina,
¡hasta la puerta de su casa!

La ducha

¡Brrr!, ¡qué frío hace en el banco de hielo! Toda el agua se congeló y todos sus habitantes se aburren: es imposible bañarse.

Papá Pingüino está muy enojado porque Pingüi está lleno de lodo.

—¡Mira cómo te has puesto!, protesta papá Pingüino. Pero en ese momento aparece Bali, la ballena blanca, que ordena:

—¡A la ducha, a la ducha! ¡Una buena ducha bien caliente!, grita mientras lanza un gran chorro de agua humeante.

En unos segundos, todos los habitantes del banco de hielo están ahí, con la toalla bajo el brazo.

—¡Ah, no!, se queja Pingüi, ¡yo llegué primero!

26 ¡Una buena ensalada!

Manuelita es una tortuga muy golosa. Lo que más le gusta son las tiernas y deliciosas lechugas que planta Fermín, el granjero.

Una noche, tranquilamente, sin presionarse, Manuelita se comió ¡todo el huerto de lechugas! Rápido, rápido, cuando salió el sol, Manuelita se salvó.

Cuando se despierte, ¡Fermín se enojará mucho! Manuelita está un poco mareada, pero con mucho ímpetu, camina hasta el pueblo.

—¡Oh! ¡Mira, mamá!, exclama una niña, ¡qué linda tortuga! La voy a llevar a casa. Voy a darle una gran lechuga. Hey, mamá, a las tortugas les gustan las ensaladas, ¿no?

—¡Oh, NO!, murmura Manuelita. ¡Ya no quiero más!

El tesoro

Matraca, la urraca, además de parlanchina, es una ladronzuela.

Recoge todo lo que brilla y amontona su tesoro en su nido.

Nadie puede acercarse, ni siquiera Picorrojo, su mejor amigo.

Para vengarse, un día Picorrojo le dice a Matraca:

—Yo sé dónde encontrar unas canicas de plata que brillan como si fueran diamantes.

—¿Dónde? ¿Dónde están? ¡Dímelo!, exclama la urraca.

—Allá, sobre el rosal, responde Picorrojo con un aire burlón.

Matraca se lanza rápidamente y ahí, justo frente a ella,

hay cientos de bolitas brillantes, suspendidas en el aire.

Velozmente, Matraca atrapa una de las bolitas...

Pop, explota en su pico, toma otra y... ¡pop!, ¡pop!

—¡Bandida! ¡Delincuente!, grita una gran araña peluda.

¡Rompiste mi hermosa tela llena de rocío!

28 El cumpleaños de Pupú

Pupú, la liebre, está cansada, exhausta. Los habitantes
de Bosquelindo le dicen durante todo el día:
—Pupú, vete ahora mismo a buscar eso, corre
a llevar esto otro... Pupú, tú que corres tan rápido,
ve a...
Y Pupú se pasa todo el día corriendo, de un lado,
al otro... Un día, después de haber atravesado
el bosque en un sentido, después en el otro,
se recuesta cerca de un gran roble y... se duerme.
Entonces... sueña... sueña... sueña que montada
en una hermosa bicicleta roja, vestida
con una elegantísima camisa amarilla, pasa la línea
de llegada como vencedora de una carrera.
—¡Bravo! ¡Bravo!, grita la multitud.
—¡Pupú! ¡Pupú!
La liebre se despierta de un salto: todos los habitantes
de Bosquelindo están ahí, con una hermosa bicicleta roja adornada con un gran moño amarillo.
—¡Feliz cumpleaños, Pupú!
Y, ¡eso no es un sueño!

29 Un buen perro

Rocky, el perro pastor, no deja de morder a las ovejas.
Una noche, Beeety, la más traviesa, decide vengarse.
—Vamos a darle una buena lección, le propone a las demás. Tengo una idea...
Al amanecer, Rocky abre un ojo y... ¡horror! Frente a él aparece un animal terrible, con el lomo erizado de
espinas, que vocifera unos "beeegrrrrr" espantosos.

—Soy el gran brujo de los perros pastores, gruñe
la bestia. A partir de hoy ya no molestarás
a las ovejas, si no... ¡ya verás lo que te pasa!
Rocky, asustadísimo, jura ser dulce
como un cordero.
Y Beeety, después de haber peinado
su lana, se convierte en la reina
del rebaño, aunque a veces,
sólo para divertirse, susurra
unos "beeegrrrrr" cuando pasa cerca
de Rocky... ¡que tiembla de miedo cada vez!

❀1 Limpieza de primavera

Cada primavera, Lucecita limpia su madriguera
de arriba abajo. Pero este año la topita está
muy orgullosa, sillones hechos con flores de
manzano, alfombras suaves tejidas
de pétalos... el resultado es magnífico.
—¡Tengo que invitar a mi vecino Gastón,
el topo! ¡Se va a quedar impresionado!
¡Me pongo mi sombrero y me voy!
Dicho y hecho. Lamentablemente,
Lucecita es muy buena para decorar
su madriguera, pero cuando excava túneles
es una verdadera catástrofe. ¡No tiene
el más mínimo sentido de la orientación!
Una hora más tarde ¡PUM! Lucecita
llega a la madriguera de la familia Conejo,
derribando toda una pared...
—¡Fuera!, grita el señor Conejo, furioso.
Lucecita huye lo más rápido que le permiten sus patitas.

...

❀2 Lucecita está perdida

Al día siguiente, después de una noche de descanso, Lucecita amanece fresca y dispuesta.
—Vamos, esta vez llevaré mi brújula. No puedo equivocarme. En una hora llego a la casa de Gastón
y lo invito a visitar la mía. Lucecita toma su sombrero
elegante y otra vez se pone a excavar. Una hora
después, ¡PUM!, aterriza rodando por la madriguera
de Ratón Gruñón.
—¡Ya llegué, querido vecino!, grita con alegría,
sin ver nada porque olvidó sus lentes.
¿No estás sorprendido de verme
tan temprano?
—Odio a los topos, sobre todo cuando
son despistados como tú, gruñe Ratón Gruñón
enseñando sus horribles dientes puntiagudos.
Voy a morderte las patas, a roerte las orejas, a...
—¡Socorro!, grita Lucecita, huyendo.

...

Marzo

3 La fiesta de la primavera

Al día siguiente, después de una buena noche, Lucecita está llena de energía.
—Esta vez, ¡cuidado! Me pongo los lentes
para poder leer mi brújula, tomo mi mapa,
mi pala... Veamos... No se me ha olvidado
nada.... ¡Ah, mi sombrero! Vamos.
Una hora más tarde, ¡PUM!, Lucecita
cae de cabeza en la madriguera de...
¡Gastón!
—Estimada vecina, grita Gastón,
¡qué grata sorpresa! También están
aquí la familia Conejo, el señor Erizo,
Mimí la musaraña y hasta Ratón,
el ratón gruñón.
—He excavado tantos túneles que ahora
todas nuestras madrigueras se comunican,
dice Lucecita riéndose. ¡Bueno, vengan todos,
vamos a festejar la primavera en mi casa!

4 Los hermosos cuentos de irma

—¡No, vete! ¡Estás diciendo tonterías, nos aturdes!, gritan las gallinas
cada vez que Irma se les acerca.
—Definitivamente, esta gansa habla demasiado, nos aburre,
cacarean a coro.
Entonces, Irma se acomoda sola sobre la paja.
¿Sola? No por mucho tiempo, ya que todos
los pollitos adoran que les cuente cuentos.
Se acurrucan bajo sus alas, entre sus suaves
plumas.
Al llegar la noche, las gallinas miran recelosas
a Irma que acaricia y duerme a sus pollitos.
—¡A la cama!, dicen con tono de regaño
las gallinas.
—¡No, todavía no!, pían los pequeños.
¡Irma, cuéntanos otro cuento!

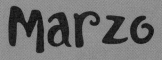

Marzo

5 El país de donde uno viene

Tutí, el tití, llega una mañana en un gran barco blanco. Salta al muelle mientras los marineros descargan
cajas de algodón. Después, camina hasta la ciudad y se encuentra con una paloma que sale volando
sin hacerle caso, un gato que quiere arañarlo
y una rata que quiere morderlo.
—¡Qué país más curioso!, se dice Tutí.
Y empieza a sentir nostalgia por sus amigos
y su país tan lejanos...
De repente, cerca de una banca,
Tutí encuentra un perro viejo
abandonado:
—Oye, ¿vienes de muy lejos?,
murmura el viejo perro, ¡se nota!
Cuéntame tu vida en el país donde
naciste. Yo te contaré la mía
en la montaña, cuando era un buen
perro pastor.
Desde ese día, siempre puede
encontrarse, en las calles del viejo puerto,
un perro calvo con un curioso mono
trepado en su espalda.

6 ¡Música!

Piquito es un pájaro carpintero, músico y muy tímido. Cuando picotea sobre los troncos para atrapar
gusanitos, lo hace con ritmo, aunque muy despacito, para no hacer ruido.
Pero Piquito no tiene suerte: a sus vecinos, no les gusta la música.
—¿Ya vas a callarte?, grita el señor Bú cuando Piquito golpea
sobre el tronco del gran roble.
—¿Por qué no te vas a picotear lejos de aquí, pillo?,
grita Raúl la ardilla cuando Piquito se trepa
en el avellano.
Piquito, triste, se lamenta, escondido en lo alto
de las ramas. Cricrí, el grillo, pasa por allí.
—Ven conmigo, le dice, conozco un viejo tronco
carcomido y lleno de gusanos.
Desde ese día, en cuanto brilla el sol,
en Bosquelindo se escucha a Cricrí, que canta
a todo pulmón, y a Piquito, que golpea siguiendo
el ritmo.

7 Gladis está enamorada

Gladis es insoportable; cuando las demás ranas saltan en el charco, ella descansa al sol.

—¡Ven a jugar con nosotras!, gritan sus amigas.

—No me gusta el agua, contesta Gladis.

Cuando hacen un concurso de clavados, Gladis se aleja suspirando.

Cuando se divierten en el charco, Gladis, enfadada, se acuesta sobre un lirio.

Al llegar la noche, se ponen a croar a coro en los juncos y Gladis se tapa los oídos y se duerme.

Pero una mañana apareció Joselito, verde, con sus grandes ojos oscuros…

Desde hace dos días, Gladis brinca en el charco, gana todos los concursos de clavados y, cuando anochece, es la primera en esconderse en los juncos.

¡Gladis está enamorada! Si de casualidad pasan por el charco, la reconocerán de inmediato: es la que croa más fuerte.

8 Licha, la zorrilla bromista

A Licha le gusta Raúl, la ardilla, pero a veces lo encuentra muy aburrido: desde muy temprano está bien peinado y perfumadito.

—No, Licha, no te doy ningún beso. Estás despeinada, y tus patas están muy, muy sucias, le dice siempre con desagrado.

Un día, ¡la zorrilla decide tenderle una trampa!

Licha unta una gruesa capa de miel en el tronco del avellano, se trepa hasta arriba del árbol y grita:

—Raúl, ¡ven a ver, encontré unas avellanas gigantes!

Raúl es tan goloso como cuidadoso.

A toda prisa se trepa al avellano antes de darse cuenta de que está cubierto de miel.

Licha, trepada en las altas ramas, se retuerce de la risa.

—No, Raúl, no insistas, no voy a besarte.

¡Estás muy pegajoso y tus patas están taaaan sucias!, se burla, imitando su voz.

9 Un verdadero amigo

—Me gustaría tener un amigo para hablar con él,
suspira Mika, sentado solo en el hielo.
El oso conoce muchos cuentos extraordinarios,
pero no tiene nadie a quién contárselos. Un día,
Mika se inventa un compañero: un gran oso de nieve,
tan redondo y tan blanco como él. Mika se sienta
frente a él y comienza a contarle un cuento.
—Había una vez una ballena blanca...
Llega la noche y Mika sigue hablando... A medianoche
Mika se queda callado.
Otra vez está muy triste porque su amigo de nieve
no habla, no es un amigo de verdad... De repente,
se escucha una vocecita...
—Y entonces... ¿qué le pasa a la ballena?
Mika está sorprendido: ¿acaso el oso de nieve habla?

¡No!, es un pingüinito que escucha escondido detrás del oso de nieve.
Mika está feliz, ¡por fin consiguió un amigo!

10 ¡Zorro astuto!

Un lobo y un zorro hambrientos merodean
cerca de un pueblito. Una canasta de comida cae
de un automóvil que pasa a toda prisa. El lobo y el zorro
se precipitan corriendo y, por supuesto, se pelean
por el botín.
—¡Es mío!
—¡Claro que no! ¡Yo lo vi primero!
Al ver que ninguno puede arrancarle la presa al otro,
el zorro propone:
—Apostemos esta comida. Arrojemos la canasta
hacia el campo vecino, vendémonos los ojos
y el primero que la encuentre se la lleva.
—¡Buena idea!, dice el lobo, muy seguro de su olfato.
—¡Acércate!, te ayudaré a vendarte los ojos,

dice el zorro, después yo haré lo mismo.
El lobo, confiado, lo deja actuar.
—Ya no veo nada, amigo... ¿Estás listo? Bueno, vamos a buscar juntos...
Pero el astuto zorro ya está lejos... apretando entre sus patas... la canasta.

La reina de las tejedoras

Twiggy la araña es la mejor tejedora del jardín.
En cinco minutos teje una bufanda, guantes y un gorro.
Todos los años, en cuanto el viento empieza a soplar,
Twiggy tiene mucho trabajo. Todo el mundo le
encarga una o dos bufandas. Pero hoy no se siente
muy bien.
—¡Ay!, ¡ay!, ¡ay!, ¡me duele la cabeza! ¡Cof, cof!, tose.
Bueno, terminemos estos guantes. ¡Achú, achú!,
estornuda la pobre arañita.
Pero no sale ningún hilo. Pobre Twiggy.
Está verdaderamente enferma.
La noticia corre por todo el jardín. Desde todos
los arbustos llegan a visitarla.
Twiggy no puede más de felicidad: sus amigos hicieron
una colecta para regalarle un rico jarabe de tela de araña
oriental para que se cure y teja sus hermosos hilos de oro y plata.

12 La trampa de Silvita

Silvita y Ramita, las alondras, están empollando tranquilamente sus huevos de primavera,
conversando muy contentas. De repente, un ruido inesperado
las inquieta.
—¡Lo vi pasar!, dice Silvita. ¡Es el hurón!
—No nos apartemos de nuestro nido, se comerá nuestros
huevos, murmura Ramita.
—¡Tengo una idea! Toma mis huevos y guárdalos en tu nido,
y en su lugar voy a poner una piedra grande.
Dicho y hecho. Silvita vuela lo más alto posible,
dejando a Ramita con los huevitos.
Nadie a la vista: aparece el hurón, se precipita
hacia el nido de Silvita y devora con ganas... la piedra.
—¡Uy, uy, uy!, llora el hurón, huyendo. Ramita se pone
a cantar con fuerza para avisarle a su amiga,
que regresa en picada con sus hijitos.
—¡Lo logramos!, dice Silvita al llegar. Ahora, podemos
seguir empollando tranquilamente.

13 El don de Marco

Marco corre en el campo cuando un olor agradable lo detiene abruptamente. Con la nariz hacia adelante, se pone a olfatear. ¡Cuántos olores hay en un bosque en marzo para una nariz de jabalí! El olor del musgo le hace cosquillas y las ramas descompuestas le producen comezón. Con mucho gusto, se come unas florecitas azules, pero ese olor está muy cerca de un roble. ¿Qué será?

Con sus patas, Marco rasca, respira la tierra. De repente, una cosa curiosa, no muy redonda, no muy limpia, aparece.

Con mucho cuidado, Marco toma la cosa entre sus patas y la lleva a su casa.

Mamá lo felicita mucho.

—Marco, ¡tienes la mejor nariz de toda la familia! ¡Encontraste una trufa! Es algo muy difícil de encontrar. ¡La comeremos esta noche!

Muy orgulloso, Marco dice: "Ya quiero que sea de noche".

14 Pollito Amarillo da envidia

Pollito Amarillo tiene cinco hermanitos grises que siempre se burlan de él.

"¡Pollito Amarillo!", repiten todo el día. "¡No eres más que una yema!"

Triste, Pollito Amarillo se aleja y alguien lo levanta del suelo.

—¡Oh, qué lindo pollito!, dice una niña. ¡Ven, te llevaré a una casa bonita!

Lo acomoda en un nidito lleno de suaves plumas y de ricas semillas.

—¡Cómo me gustan los mimos!, piensa Pollito Amarillo. ¡Cuántas semillas, no tendré que ensuciarme más las patas para buscarlas!

De repente, los hermanos de Pollito Amarillo pasan cerca de él, buscando comida.

—Pollito Amarillo, ¡qué suerte tienes!

Con su patita, Pollito Amarillo les da unas de estas semillas. Después se va con ellos, porque aunque a los pollitos grises no les gusta jugar con él, son buenos compañeros.

Togo va a la escuela

Después de un largo invierno, los pandas vuelven a la escuela. Es el regreso de la primavera.

Esta mañana, Togo es el primero en levantarse.

En el camino, encuentra a Lomé, que no lo saluda.

Un tanto molesto, Togo sigue su camino, ¿pero qué pasa?

Tanga se cambia de acera y más adelante, Mako y Mulé se burlan de él. ¡Togo no entiende nada! Al llegar a la escuela va con la maestra, un poco preocupado:

—¡Buenos días, señora Lomé!

La señora Lomé mira a Togo con sorpresa.

—Togo, me parece que olvidaste de algo...

Todos los alumnos lo rodean. Mira su mochila, sus zapatos y...

—¡Ay!, dice sonrojado, ¡no me quité el pijama!

—¿Tanta prisa tenías por venir a la escuela?, pregunta su maestra.

No importa, te vestirás por la tarde.

 16 Enriqueta la gallineta

Enriqueta pía todo el día para ahuyentar a los desconocidos que se le acercan.

Su mamá le dijo:

—Todas las gallinetas tienen que hacerlo.

Enriqueta lo intentó. Funcionó. Asusta a los gansos, los borregos, los perros... Con su grito espantoso, hace huir también a las otras gallinitas y a sus crías.

Enriqueta le pregunta a su mamá:

—¿Por qué estoy sola?

—Pías un poco desafinado y esto espanta a los vecinos. Deberías tomar clases de canto con la señora Tenor.

Al día siguiente, Enriqueta regresa de su clase. Da unos gritillos muy bonitos.

Entonces, las demás gallinitas tratan de imitarla. Enriqueta se para en medio de la granja.

Sólo el perro le tiene miedo.

17 ¡Felices vacaciones!

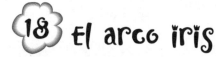

Juan, el ratón, se va de vacaciones. Con su mochila al hombro, camina a lo largo del río buscando donde dormir. Justamente aquí hay un lugar con una terraza cerca del agua.

Anita lo recibe:

—¡Bienvenido al "carrizo cantante"!

—¿Es usted músico?, le pregunta Juan.

—Toco la flauta de carrizo para mis invitados.

Juan decide que este lugar es perfecto para sus vacaciones. La musiquita de la flauta, al anochecer, ¡les encanta a todos!

Juan no duerme nada en toda la noche.

Espera a que despierte Anita. Quiere ser el primero en pedirle su mano. Anita soñó durante toda la noche que sus hijitos tendrían los hermosos ojos de Juan.

Entonces, ¡seguro que le va a decir que sí!

18 El arco iris

El cielo está gris. Tomás, el ratón de campo, dibuja un arco iris.

—Para hacer un verdadero arco iris, dice su mamá, se necesitan seis colores.

—Primero el violeta, dice Tomás, muy contento.

Tomás dibuja la mitad de un círculo sobre el papel.

—El azul, el verde, el amarillo, el naranja, el rojo y ¡ya está!

—¡Mamá, ya acabé! Ahora voy a colgarlo.

Tomás sale de la sala y regresa.

—Voy a colgarlo... Pero, ¿dónde está mi dibujo?

—Creo que se fue al cielo, dice su mamá, con un gesto juguetón.

Tomás se apresura hacia la ventana y mira al cielo:

—¡Oh, mi arco iris!

—Cuando sale el sol después de la lluvia aparece el arco iris, le explica su mamá.

Entonces mamá saca un dibujo que escondía tras la espalda, el dibujo de Tomás.

—¡El tuyo es hermoso!

—Cuando el cielo esté gris, dice Tomás, orgulloso, pondré el mío en la ventana.

19 Nada de puntitos

Al menor ruido, Nina, la catarina, se esconde debajo
de cualquier hoja, porque ¡no quiere que se burlen de ella!
Una oruga se detiene detrás...
—¡Oye, no tienes puntitos en las alas!
—¡Ya lo sé!, responde Nina. No insistas:
¡es muy vergonzoso!
—¿Sabes?, tus primos los escarabajos
son más feos que tú.
—¡Gracias!, dice Nina, pero mejor búscame puntitos
y me sentiré mucho mejor.
—Tengo un tío que es sastre, dice la oruga. Él puede
ayudarnos. Y fue a casa de su tío.
—¡Tío, necesito un traje de catarina con bonitos
puntos negros!
—¡Qué impaciencia! Espera a que crezcan tus bellas alas
de mariposa.
—¡Pero no es para mí!, dice la oruga.
El tío encuentra un lindo disfraz con cuatro puntitos.
¡Ahora, Nina, orgullosa de sus puntitos, vuela por los aires!

20 ¡Fina festeja la primavera!

Fina regresa de muy lejos para anidar. Espera encontrar el nido
donde nació, ¡la golondrina conoce bien la granja!
¡Baja de picada!, pero... la puerta está cerrada.
Fina encuentra al fin una ventana por donde entrar.
—Pero, ¿qué haces aquí?, pregunta Lilibel después
de construir su nido.
—¡Hola! Estoy buscando mi nido.
—¡Ah, tú eres la hija de Mona!, dice Lilibel.
Tu nido está en la tercera puerta, a tu izquierda.
¡Te guardamos tu lugar!
Fina se instala y mientras limpia el nido...
¿qué encuentra? ¡El avioncito de paja que su papá
le fabricó! Lo guarda cuidadosamente para cuando
nazcan sus hijos.
Un poco más de lodo seco para reparar el nido
y Fina podrá acurrucarse para empollar:
hoy empieza la primavera.

21 Eric y Lisa para siempre

Lisa golpea el tronco donde vive Eric, la ardilla.
Al oír los ¡toc, toc!, Eric despierta.
—¡Oh... tengo un poco de hambre!, bosteza Eric, estirándose.
—Yo también comería con gusto algunas nueces, dice Lisa.
¿Dónde las guardaste?
Eric va a mostrárselas, pero... se rasca la cabeza pensando:
—La verdad es que no sé dónde...
—¿De qué te sirve guardarlas, si se te olvida dónde?, dice Lisa.
—¡Pues sí! ¿Ves ese nogal? Hace ya mucho tiempo mi papá guardó
allí una nuez. Ésta, a su vez, dio un hermoso nogal
que dará muchísimas nueces más.
Lisa está sorprendida: Eric es taaaan inteligente...
Le da un gran beso en la nariz color de rosa de esta genial ardilla.
—¿Por qué ese beso?, se pregunta Eric, haciéndose el bobo.
—Pues, porque con todos nuestros futuros hijos necesitaremos muchísimas nueces,
¡van a hacernos mucha falta!, responde la dulce Lisa.

22 ¡Despierten, marmotas!

Puca, la marmota, despierta al escuchar ruidos muy extraños. Sacude a su hermana:
—¡Tengo miedo!, dice Puca. ¡Escucha!
—¡Déjame dormir!, se molesta Paca, tapándose con su manta.
Regresan los ruidos y Puca empieza a sentir miedo...
Tímidamente, se acerca a la ventana, abre las persianas
y ¡oh!, un dulce rayo de sol la deslumbra.
—¡Paca, Paca!, grita. ¡Llegó la primavera! ¡Ya no es tiempo
de hibernar!
Puca entiende ahora: estos horribles ruidos venían
de su estómago... Y tiene mucha hambre.
¡Tantos meses sin comer!
Entonces, Puca prepara una mesa y dos sillas,
y saca un gran plato de semillas.
—¡Buen provecho, hermanita!, le dice,
¡pronto cazaremos grillos!

23 La pirámide de las nutrias

En el río, la pandilla de las nutrias tiene un jefe: se trata de Nunut. Todo el mundo lo adora porque Nunut siempre tiene ideas divertidas.
—¡Vamos a organizar un espectáculo!, les dice a sus amigos. ¡Y vamos a invitar a nuestros padres!

—¡Nos vamos a reír mucho!, añade Lulut, ya impaciente, pensando en la nueva broma.

Nunut expone su plan, las nutrias ensayan su número y los padres se instalan cerca del río.
—¡Vamos a hacer una gran pirámide!, anuncia Nunut al público. ¡Hop, hop, hop! Las nutrias se trepan unas encima de otras y hacen un triángulo.
—¡Acérquense más!, ordena Nunut a los espectadores, ¡más cerca, más cerca del agua! Los padres se acercan y... ¡pluf, pluf y pluf!
¡Todas las nutrias se caen al agua al mismo tiempo y salpican a todo el mundo!

24 ¡Hola, aquí está!

Gracias a sus binoculares, el señor Cucú lo ve todo. Y por supuesto, también los nidos abandonados...
—¡Aquí hay uno! Está vacío. ¡Vamos!
En el camino, la señora Cucú refunfuña:
—¡Voy contigo!, pero con una condición: ¡que construyamos un nido para nosotros! ¡Nada de andar robando los nidos ajenos!
¡Qué alboroto en casa de los cucúes cuando regresa la señora Ruiz!
—¿Qué hacen en mi casa?, pregunta la señora ruiseñor.
—¡No se preocupe!, le dice inmediatamente la señora Cucú.
Vamos a construir un nido cerca del suyo.
El señor Cucú está furioso: es mucho más fácil ocupar un nido ya construido. La señora Cucú y la señora Ruiz se hicieron amigas. Conversan, cuchichean y empollan juntas sus crías. Y pasa el tiempo.
Y... los pequeños ruiseñores y los pequeños cucúes sacan por fin del nido su lindo piquito y... a coro cantan la misma canción: cucú, hola, aquí está, cucú, hola, aquí está.

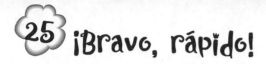

25 ¡Bravo, rápido!

—¡Hijos míos!, dice una mañana el papá caracol. Está lloviendo, vamos a pasear.

—¡Fantástico!, gritan los hermanitos gemelos. ¡Oye! Ramón Lentón, nos alcanzarás para la merienda.

Ramón lo sabe muy bien, es un poco lento, pero está cansado
de que le digan lentón. ¡Es demasiado injusto!

Ramón tiene una idea: cuando todos se van,
sale de su caparazón y se unta el cuerpo
con un delicioso aceite de oliva.

—¡Eso va a funcionar!, se dice encantado,
¡vamos!¡Zum! ¡Zum! Ramón sale a toda velocidad,
frena en las curvas, zigzaguea y rebasa
a todo el mundo en la primera subida.

—¡Estoy esperándolos!, les dice a los gemelos
desde arriba de la colina, ¿no quieren
que les cargue la mochila?

Nadie conocerá su secreto, pero ahora todos
le dicen Ramón el caracol veloz.

26 ¡Simón no es lechuza!

Simón está muy contento: se va de día de campo con sus amigos a la granja vecina.

—¡Buenos días, mariposas! ¡Hola, pajaritos!, repite en el camino.

Pero, de tanto levantar la nariz para hablar con los animales
del bosque, Simón perdió de vista a sus amigos…

—¡Hey, hey! ¿Dónde están?, grita en el bosque.

—¡Simón!, gritan a su vez los demás cerditos.

¡Bua, bua!, llora Simón al pie de un roble.

Allí vive Melisa.

—¡Espérame aquí!, dice la lechuza, voy a sobrevolar
el bosque y les avisaré a tus amigos.

¡Oh, sorpresa!, cuando Melisa y los cerditos
regresan… Simón ya sacó de su mochila la comida
y la compartió con los hijos de la lechuza…

—¡Dense prisa!, articula con la boca llena,
¡no queda casi nada!

¡Simón es un gran soñador, pero también es muy goloso!

¡Los dulces son muy dulces!

Fredo es domador de pulgas en un circo y, de una ciudad
a otra, lleva las pulgas en su espalda.

—¡Les presento a las reinas del trampolín y del equilibrio!,
anuncia a los espectadores.

Desafortunadamente, varias noches seguidas, Úrsula
tira a todas las pulgas. El público está furioso.

Una mañana, Fredo la llama, enojado.

—¡Las cosas no pueden seguir así!, aúlla el perro.

¡O dejas de comer dulces o dejas el circo!

¡Eres demasiado pesada, dejas caer a tus compañeras!

Úrsula está muy preocupada y Fredo está muy triste

porque Úrsula es su pulga preferida. Fredo se pone a pensar, se rasca

la cabeza, ¡y encuentra una solución!

—Serás mi asistente, le dice a la pulga.

Desde ese día, Fredo es el único perro del mundo que tiene una pulga en la oreja que le cuenta todo.

28 Los rizos perfectos

Olga, la oveja, está desesperada. Tiene el pelo lacio. Si no fuera oveja, no sería tan grave.

¿Han visto alguna vez una oveja sin rizos?

—¡Quiero ir a la peluquería!, grita, dando golpes en el suelo con sus pezuñas.

Desgraciadamente, un peluquero de ovejas tiene peines y cepillos para alisar el pelo,

pero no tiene nada para rizarlos.

—¡Quiero rizos!, grita Olga cada vez más desesperada.

¡Rizos de tirabuzón, bien rizados!

—¡Vamos a ver a Inés en la mercería,

a ver si tiene tubitos de hilo vacíos!,

le dice su mamá.

Inés, entonces, se vuelve peluquera.

Moja el pelo de Olga y lo enrolla en los tubitos.

Olga espera un poco y se quita los tubos.

¡Fantástico! ¡Está rizado como pelo de oveja!

Ahora, Inés monta en el fondo de su mercería...

¡un salón de belleza! Le gusta mucho, mucho,

hacer rizos.

Una moto para nieve avanza sobre el banco de hielo. En esa moto Lucas, el lobo marino,
detiene con fuerza entre sus aletas su altoparlante:
—¡Atención! ¡Atención!, anuncia con voz gruesa, señoras y señores,
¡tengo que comunicarles una excelente noticia!
Inmediatamente, una colonia de lobos marinos
se deja resbalar por el hielo
para acercarse lo más rápidamente
posible a Lucas.
¡Pero qué desorden!
¡Todos quieren estar
en primera fila!

—¡No empujen!, protestan algunos lobos marinos. ¡Nosotros llegamos antes!
Lucas espera un poco y luego retoma su discurso:
—Próximamente abriremos una alberca inmensa con calefacción, detrás de este iceberg.
Están invitados. Vengan, vengan todos a resbalar por el tobogán gigante y, por supuesto,
¡habrá pescados al gusto para todo el mundo!

...

Lilí y sus amigas aplauden. Hace meses, años, que esperan
este momento: bañarse con agua bien caliente.

—¡Será muy distinta al agua helada!, dice Lilí.

Parece que esta alberca también tiene camastros
y palmeras falsas.

¡La noticia es tan buena que los lobos marinos
ya ni siquiera remojan la punta de sus aletas
en el agua helada del banco de hielo!

Por fin llega el gran día: a las 9 en punto,
los lobos marinos hacen fila frente
a la alberca.

De repente, Lilí siente mucho miedo.

¿Y si el agua estuviera demasiado caliente?

¡Voy a quemarme! ¡Tal vez, el tobogán
sea muy peligroso!

Lilí es prudente, primero deja pasar a sus amigas,
mira cómo lo hacen...

De un salto, las amigas de Lilí se suben a lo alto del tobogán y ¡zop!, se zambullen de cabeza
en el agua tibia de la alberca.

—¡Qué divertido!, gritan los lobos marinos, ¡sólo debes dejarte deslizar! ¡Ven!

Lilí se lanza, pero al revés. Y ¡zup!, se da vuelta, resbala por el tobogán, da extrañas maromas
y cae de panzazo en el agua.

—¡Estupendo!, grita Lucas. ¡Tu número de circo
es extraordinario! ¡Te contrato como payasa!

—¡Otra vez, otra vez!, grita la gente
aplaudiendo.

Lilí no lo hizo a propósito,
pero no se lo dice a nadie.

¡Sólo le prometió a Lucas hacer
un maravilloso número
de acrobacias!

Por supuesto, a cambio,
Lucas le prometió una recompensa:
sus mejores pescaditos.

① Broma de abril

¿Qué sucede hoy en la escuela de los pececitos?

¡Cuchichean, murmuran y traman picardías! Sobre todo mientras la señorita Botero pasa entre las filas.

Es primero de abril, día de las bromas marinas.

Todos esperan el momento oportuno para hacerle una buena travesura.

—¡Nos vemos junto a los lavabos después de la comida!, murmura Mateo a sus compañeros.

¡Talán! ¡Talán! Como lo acordaron, todos los pececitos se reúnen cerca de los lavabos. Mateo saca sus pinceles y empieza a pintar unos horribles granos rojos en el lomo de sus amigos peces.

—¿Se quitará esta pintura?, dice Luco, porque mis padres son muy regañones...

—¡Por supuesto!, contesta Mateo, es una pintura especial para piel sensible, se borra después de cuatro horas.

¡Brr! ¡Ya está, los pececitos se volvieron rojos de la cabeza hasta la cola!

...

② Talán, talán

—¡Sonó la campana!, murmura Mateo a sus compañeros. Regresemos a clase y hagámonos los enfermos.

—¡Espero que no nos regañen!, tiembla Luco.

En silencio, los pececitos esperan a su maestra.

—¡Aaaay!, grita cuando los ve. ¿Qué les pasó?

—¡Nos duele el estómago!, contesta Mateo muy serio. Debe ser el plancton, tenía un sabor muy extraño.

¡Jamás en su vida la señorita Botero había nadado tan rápido! Corre a buscar a miss Pikete, una enfermera inglesa no muy amable. La enfermera revisa a los pececitos y anuncia:

—¡Hay que llamar a la ambulancia y al hospital!, estos niños sufren una grave indigestión.

—¡Nooo!, gritan los pececitos, ¡al hospital, no!

—¡Era una broma, maestra, no lo volveremos a hacer!

Abril

El pescador pescado

Luco estaba seguro de que este cuento
terminaría mal.

—¡Vayan a lavarse!, les dice enojadísima
la señorita Botero. ¡No quiero ver
ni un grano más!
En la escuela de los pececitos
ya no se murmura ni cuchichea,
sólo se cepillan las manchas.
La señorita Botero y miss Pikete
han decidido vengarse.

—¡Vamos a visitar el casco del Viejo Tiburón Blanco!

—¿Todavía existe?, pregunta Luco agitado.

—Por supuesto que no, le contesta Mateo, ¡sólo vamos
a jugar a las escondidas! ¡Es muy divertido, vas a ver!

Todo va muy bien y Luco ya no tiene miedo. Ahora les toca esconderse a la señorita Botero y a miss Pikete.
Mateo y sus amigos buscan en el casco. ¡No hay nadie! De repente, de una roca brotan dos enormes
cabezas. ¡Un tiburón y una ballena!

—¡Socorro, maestra, miss Pikete, auxilio!

—¡Somos nosotras!, contestan las señoritas quitándose las máscaras. Fue una broma, niños.

A partir de ese día, en la escuela de los pececitos, todos están muy quietos el primero de abril.

4 ¡Demasiado bueno para Miroska!

¡Miroska es una golosa! ¡Y también una mosca decepcionada, porque prometió a sus amigas
que iba a seguir con ellas una dieta para adelgazar! ¡Pobre Miroska, no es su culpa si el frasco
de mermelada de fresa se quedó abierto sobre la mesa del desayuno! ¡Bzz, bzz! Con su patita,
Miroska prueba la mermelada.

—¡Delicioso, deliciosísimo!, dice.

Mete su segunda patita y la tercera y... todas y ¡se queda pegada al frasco!

—¡Socorro!, grita roja del susto, ¡no puedo salir!

¡Bzz, bzz! Afortunadamente, sus amigas andaban zumbando cerca.
Rápido, arrancan un hilo que encuentran en la cocina.

—¡Agárrate bien de la cuerda!

¡Hey, hop! Las moscas tiran muy fuerte del hilo y logran salvar
a Miroska.

—¡Gracias, chicas!, suspira. Pero, ¿qué hacían en la cocina?
Miroska ya adivinó... ¿y tú?

Abril

5 ¡Nada de monstruos!

Héctor es el más feliz de todos los papás castores: sus hijitos son los más lindos del río.
—¡Les voy a construir una casa grande y bonita!, le dice a mamá castor.

Héctor no necesita ni hacha ni serrucho:
¡tiene dientes fuertes! ¡Cric, crac! ¡Cric, crac!
Héctor corta dos troncos y los junta
con un montón de ramas. Los deja flotando
en el río cuando de repente se escucha
un ruido; luego, unas inmensas olas
agitan el agua...
—¡Seguramente es un monstruo!, grita
Héctor, asustado, ¡mis hijitos!
Por fin, el agua está otra vez
tranquila, pero llega corriendo
uno de sus amigos.
—¡Más arriba, en el río, hay muchos
monstruos blancos con motor! ¡Ven a ver!
Héctor entiende lo que pasa y molesto, dice:
—¡Es el nuevo puesto de alquiler de botes!
Si de eso se trata, vamos a cambiar de río.
¡No quiero que esos botes asusten a mis hijitos!

6 La fiesta de Patucho

Patucho el ciempiés está triste: no podrá asistir a la gran fiesta del pueblo.
—¡Mis zapatos están todos rotos!, se lamenta. Y no tengo dinero para comprar otros.
¡No es justo: tengo demasiadas patas!
Patucho se menea por las calles, ¡arrastrando sus viejos
zapatos! ¡Cuántos murmullos se escuchan cuando pasa
junto a sus amigos!
Por la mañana, el día de la gran fiesta, Patucho oye
pasos frente a su puerta y después un golpeteo
fuerte como una tormenta. Abre la puerta y ¿qué ven
sus ojos? ¡Una verdadera montaña de zapatos
de charol con agujetas y sandalias de todos
los colores!
—¡Te vamos a ayudar a amarrar tus zapatos!, gritan
los vecinos. ¡Rápido, porque la fiesta va a empezar!
Apenas le da tiempo de abrazar a todos sus amigos
y se pone a bailar como un loquito.

7 Los granos de Momó

—¡No, no y no!, gruñe Momó frente al espejo.
¡No es posible ser tan feo!
Momó es un sapo, pero un sapo acomplejado
por sus granos.
¡Llama a la puerta de la señora Mosquito! ¡Ella sabe
curar los granos: es una maga!
—¡Sapo, sapito!, dice el mosquito frotando la cara
de Momó, ¡adiós granitos!
Momó espera unos minutos, se mira al espejo.
¡Qué horror! Su cara está roja y con puntos negros,
¡parece una mariquita, pero fea y más gorda!
¡La señora Mosquito se equivocó de tratamiento!
Momó se esconde, espera a que la fórmula ya no haga efecto y regresa a su casa muy triste con sus
granos. Pero en el camino se encuentra una sapita que también tiene granos.
¡Tiene cita con la señora Mosquito!
Momó le cuenta todo y la invita a pasear. Rápidamente, los dos se olvidan de sus granitos...

8 ¡Bienvenidos a la colmena!

La reina acaba de convocar a todas las abejas para la gran reunión de primavera.
—¡Señoritas!, dice con tono regañón, ¡algunas de ustedes no trabajan lo suficiente! Volar por aquí y por
allá es muy bonito, pero ¡no olviden que su misión consiste en recoger el néctar de las flores!
—¡Sí, para hacer la sabrosa miel!, contesta inmediatamente Carlota, una obrera.
¡Caramela y sus amigas están cansadas de que Carlota
siempre esté de acuerdo con la reina!
—¡Be bolestan!, dice Caramela.
¡No pueden callarse de vez en cuando!
¡Pobre Caramela, tiene tanto catarro
que no puede trabajar!
¿Cómo hará para aspirar las flores?

...

9 Gracias, Chistorro

Caramela no tiene alternativa, sale y... estornuda: ¡achú!,
cada vez que mueve sus alas.

De repente, encuentra en su camino a Chistorro el abejorro
y le cuenta su problema:

—Si no llevo mi parte de néctar me van a castigar
y voy a tener que limpiar toda la colmena y, palabra de Caramela:
¡no lo voy a hacer!

Chistorro se pone a pensar y zumba:

—¡Te propongo un arreglo!, dice con voz fuerte, ya que tienes la nariz
tapada, voy a aspirar el néctar de las flores en tu lugar y...

—¡Discrebamente, sobre todo discrebamente!, interrumpe Caramela. Si no...

—¡No te preocupes por eso!, contesta Chistorro, ¡pero escúchame! Siempre he soñado con trabajar
en la colmena, pero la reina siempre me echa.

Caramela decide:

—¡Hablaré con la reina!

Entonces, Chistorro sale a chupar la miel, aspira, aspira, aspiiiiira todo el día. ¡Regresa inflado de néctar!

—¡Viva Chistorro!, grita la reina. ¡Ya no estamos retrasadas!

El abejorro regresa al día siguiente y de nuevo al otro día, va a chupar las flores. ¿Y quién lo espera
en la noche? ¡La reina de las abejas!

10 ¡Sin comer!

¿Qué está haciendo Racún cerca del río?
¡Pela, lava, limpia y enjuaga una vez más
su comida!

Tal vez Racún es un mapache lavador
ejemplar, pero la señora Racún
ya no lo aguanta.

—¡Tengo hambre!, grita. ¡La verdura
y la carne perderán su sabor
de tanto lavarlos!

Racún escucha, pero rasca por última vez
los crujientes insectos y las zanahorias.

¡Oh, nooo! Resbala y todo se va al agua.

El mapache lavador avanza con sus patitas
lo más rápido que puede para salvar su comida...

¡Demasiado tarde! El astuto Zorro ya abrió su gran boca
y ¡se lo tragó todo de un bocado!

¡Pobre Racún!, regresa sin nada y la señora Racún no puede más de hambre...

Nunca más Racún volverá a lavar su comida. ¡Palabra de honor!

11 El perro y las pulgas

Nanú es un viejo perro inglés. Desde hace mucho tiempo, en su pelo viven tres pulgas: Luisa, Lisa y Lilí. Siempre se está rascando, tratando, sin éxito, de deshacerse de estas desagradables compañeras. Cuando se tira al sol, en el pasto fresco, Luisa, Lisa y Lilí invitan a sus amigas.

¡Basta! Nanú ya no lo tolera. Se agita, da vueltas, pela los dientes y se rasca, rasca y rasca... Luisa, Lisa y Lilí están aturdidas.

—¡Estate quieto, perro!, grita Luisa.

—¿Qué te pasa? Es mi pelo, pulguita y no me dejan dormir, se queja Nanú.

—Lo siento, pero soy una pulga y ¡vivo en el pelo de los perros!

En ese momento, el ama de Nanú se acerca:

—¡Este perro parece tener pulgas!, dice.

¡Ven, Nanú, al agua!

Pero Nanú huye corriendo... **.**.**.**

12 Las pulgas y el baño

Escondido en el fondo de su casita, Nanú retoma la conversación con las pulgas:

—¡Les pido que dejen mi pelo!, dice con firmeza, si no... ¡ya verán!

—No se enoje, ¡mis hermanas y yo nos iremos mañana!

Al día siguiente, Luisa, Lisa y Lilí ya hicieron sus maletas.

Pero todas sus amigas se quedaron. Nanú, otra vez, se molesta:

—¡Ya les dije que se fueran!

—Estimado señor, dice una vocecita, las hermanas Pupulguitas ya no están pero nos dejaron su casa, ¡buen día!

Y la pulga desaparece de inmediato.

Nanú está furioso: ¡nunca se debe confiar en una pulga!

En ese momento, escucha la voz de su ama:

—¡Este perro siempre tiene pulgas!, dice. Ahora sí, Nanú, ¡al agua!

Pobre Nanú, odia tanto el agua y... ¡las pulgas!

13 Jack el holgazán

Jack acaba de nacer. Es un becerrito blanco
y marrón.

—¡Levántate, Jack!, repite Rosalía, su mamá. ¡Mira!,
ya todos los demás se fueron a jugar a la pradera.
Pero Jack se queda acostado, está demasiado
cansado.

Todas las vacas lo rodean:

—¡Levántate, Jack!, repiten. Pero nada, el becerrito
no se quiere levantar.

—¡Qué lindo es Jack!, murmuran las vacas,
¡pero es un poco holgazán!

Rosalía tiene vergüenza de tener un becerrito
tan perezoso.

Lolí, una becerrita, se acerca a Jack:

—¿Vienes a jugar conmigo cerca del río?, murmura suavemente.

En un abrir y cerrar de ojos, Jack brinca sobre sus patas traseras y se vuelve un becerrito muy activo.

14 Mi amiga la Luna

Tony, el pony, nació la semana pasada. ¡Tiene tanto
por descubrir que no quiere dormir! Al llegar la noche,
cuando toda la caballeriza está dormida, sin hacer
ruido, sale a correr por las praderas. Una noche,
pasando cerca de un charco, descubre la Luna
escondida en el fondo del agua.

—¿Acaso ayer no estabas en el cielo?,
le pregunta muy intrigado.

—¡Por supuesto!, pero allá arriba
me aburro solita. ¿Quieres que seamos
amigos? Vendré a verte todas
las noches.

—¡Fantástico, seré tu mejor amigo!,
grita Tony.

Pero al día siguiente, cuando Tony anuncia
que la Luna es su mejor amiga,
toda la caballeriza se burla de él:

—¿Qué te crees, Tony? ¿Cómo vas a ser amigo
de la Luna?, me parece que este pony
está verdaderamente EN la Luna, dice su mamá.

15 Chistorro el abejorro

En el jardín, todos creen que Chistorro, el abejorro, es un mago.
Una mañana soleada, Chistorro, acompañado de los otros
abejorros, busca flores de tréboles para sentarse
y descansar. Pero Chistorro es un poco miope.
Ese día se equivoca de pradera y va adonde están
las orquídeas. Trae un montón de polen en sus patas,
pero polen de iorquídeas!
Cuando se pone el sol, se acuesta en el jardín
y deposita el polen por todos lados.
Y al día siguiente...
—¡Oh!, gritan los animalitos del jardín,
¡qué bonito! Los tréboles se han vuelto
unas hermosas orquídeas de todos los colores.
—¡Es increíble!, murmuran desde ese día
los animalitos cuando ven pasar a Chistorro.
¿Sabe usted...? ¡Es un mago!

16 La cara de Maga la oruga

Maga la oruga se siente fea. Le pregunta a Juan Jo el escarabajo:
—¿Me encuentras demasiado gorda, verdad?
—¡Para nada!, contesta Juan Jo, ieres una oruga
muy simpática!
Le pregunta a Susi la abeja:
—¿Viste estos pelitos lacios y negros que tengo
en la cabeza? ¡Qué feos!, ¿verdad?
—¡No, eres una oruga muy linda!
Un día, Miroska la mosca le dice:
—¡Sé paciente: mañana tendrás una hermosa
sorpresa!
Esa noche, Maga se duerme, muy inquieta.
Ya quiere que sea mañana. Cuando se despierta
se siente muy rara; se acerca al espejo y...
¡Oh! Una maravillosa mariposa la mira
y en su cabeza tiene unos pelitos negros.
—¡Oh!, ipero si soy yo!, dice Maga maravillada.

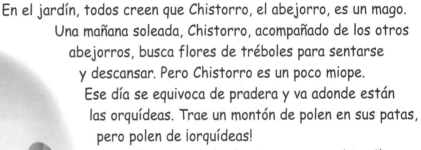

17 Rebelión en el gallinero

Ernesto es el nuevo gallo del gallinero. Es magnífico, pero demasiado enojón. Al atardecer, grita:

—¡Todo el mundo a la cama, y rápido!

Apenas salen los primeros rayos de la mañana ya está despierto.

—¡Levántense y rápido!

Ya nadie lo aguanta. Una rebelión se está tramando.

—¡Basta! Tenemos que darle una buena lección, propone Cotcot, una gallinita atrevida.

Y esa noche, cuando Ernesto empieza a gritar, la granja parece vacía: ni un pollito, ni una gallina...

¿Dónde se habrán ido? Solo, al día siguiente, Ernesto los encuentra divirtiéndose cerca del río.

—¡Regresaremos con una condición! Que a partir de ahora nos hables amablemente, dice Cotcot.

Ernesto lo promete, muy contento de haber encontrado a sus compañeros.

18 Pit y Dora

En un alambre, Pit conoce a Dora, la golondrina.

—¡Parece muy cansada!, le dice. ¿Viene de lejos?

—¡Vengo de Marruecos, hice el viaje en tres días!, contesta sin aliento.

Pit la paloma y Dora la golondrina hablan y hablan de sus viajes. Pit lleva mensajes hasta el norte del país, donde sopla un viento helado y donde la nieve cubre el campo.

Dora le describe los paisajes de tierra roja que ha sobrevolado, los campos de olivos y de flores...

De repente Pit grita:

—¡Ya está decidido, dejo mi trabajo de cartero! Nos encontraremos aquí mismo y, cuando termine el verano, me iré contigo al sol.

Dora no contesta nada, sólo alcanza a acurrucarse dulcemente juntito a su guapo cartero.

19 Dorión el dormilón

Hoy, Dorión el lirón decidió que iba a hablar por teléfono con su prima, la zorrillo/mofeta Licha, para invitarla.

—¡Iré, pero si me prometes no estar cansado!, le dice. ¡La última vez, dormiste todo el día!

—¡Te lo prometo!, contesta Dorión.

Inmediatamente, Dorión empieza a preparar una buena comida para honrar a su prima Licha. Dorión decide limpiar su casa. ¡Licha se sentirá muy orgullosa de él! Dorión limpia y cocina toda la mañana.

Al mediodía, Licha aún no ha llegado, Dorión se sienta un momento en su sillón para un muy merecido descanso. Unos instantes después, Licha toca a la puerta, toca otra vez y otra vez y vuelve a tocar... Nadie contesta. Dorión está profundamente dormido.

—¡Siempre es lo mismo!, se molesta Licha, yéndose.

¡La verdad, no es nada divertido tener un lirón por primo!

20 El queso

Ratón quiere encontrar la fórmula mágica para que el lodo se convierta en queso. Sacó de la biblioteca del pueblo todos los libros de química y de alquimia.

—¡Seré el primer ratón alquimista del mundo!, declara a sus amigos. ¡Nunca más tendré que buscar comida durante horas y horas!

Pero, al cabo de unas semanas, Ratón empieza a desanimarse; probó y probó los resultados de sus experimentos, pero ¡berk!, siempre saben a lodo horrible. Una mañana, Fritón, su primo, llega corriendo:

—¡Encontré la solución!, grita, ¡una nueva tienda acaba de abrir en el pueblo: es una tienda de quesos! ¡Ven conmigo, vamos a instalarnos allí!

Ratón devuelve todos los libros a la biblioteca... aunque un poco carcomidos.

21 Miau, el pez gato

Miau, el pez gato, nada tranquilamente cuando escucha:
—¿Quién eres tú?
—¡Miau!, contesta el pez gato.
Inmediatamente, todos los animales desaparecen.
Miau se va corriendo detrás de una roca,
pero no entiende nada. Un enorme mero le pregunta:
—¿Quién eres tú?
—¡Soy Miau, el pez gato!
—¡Qué cosa más curiosa!, contesta el mero,
¿sabes que los gatos comen peces? Es por eso
que todos los habitantes del océano huyen.
—¡Pero, es espantoso!, grita Miau, ¡hay que decirles
que no rasguño!
Se para en una roca y llama:
—¡Oigan todos, estimados pececitos! Soy un pez
como ustedes. Y si el nombre que me ha dado mi papá
no les gusta, llámenme de otro modo.
Al escuchar al pobre Miau, los peces comprenden y regresan
hacia él. ¡Todo el mundo sabe que a los gatos no les gusta el agua!

22 ¡Devuélvanme mi boa!

Zelda está lista para ir a la ópera. Pero no encuentra su boa de plumas.
—¡Nunca me van a dejar entrar si no tengo mi ropa de gala!,
dice la avestruz desesperada.
Busca y busca y de repente grita:
—¡Me la robaron, me robaron mi boa de plumas!
Hace tanto ruido que poco a poco se encuentra rodeada
de mucha gente.
—¿Qué le pasa?, preguntan unos.
—Pero, ¿adónde va?, preguntan otros.
Una voz responde:
—¡Está buscando su boa de plumas para ir a la ópera!
—¡Señora Zelda!, dice un aveztrucito travieso,
¡aquí la tiene, enrollada en su cintura!
Nadie nota la cara toda roja de Zelda, porque escondió
en la arena su pico para no enfrentar a los burlones.
Pero todos pueden contemplar sus pompis
muy cubiertas por la boa.

23 Una comida para deportista

Sumo espera a sus amigos con un gran frasco de miel. Sumo odia estar sin hacer nada, sobre todo, sin comer. Lulú y Grisón llegan por fin:

—¡Sumo, vamos a hacer una carrera! ¡El premio es un frasco de miel!

—¡Está bien!, dice Sumo, lamiéndose los labios de gusto.

Los tres ositos se colocan en la línea de salida y esperan la señal.

—¡Una, dos y tres!

¡Qué suspenso! Lulú llega primero, lo sigue Grisón pero al pobre Sumo, con la panza llena de miel, ¡le es muy difícil terminar la carrera! ¡Lulú prueba su rica miel! ¡Qué bonita recompensa! Grisón prueba con su pata. ¡Qué delicia! Cuando llega Sumo, el frasco está casi vacío.

—¡Toma, Sumo, una cucharada para ti!, le dice Lulú, burlándose. ¡Después de tanto esfuerzo debes tener mucha hambre!

24 Sabores y colores

En el mar las langostas son azules. Pero Colita llega toda rosa.

—¡Estás cocida!, se burla Farid.

—¡Pero Farid, si ves que me estoy moviendo! Me quemé un poquito con el sol. Volveré a ponerme azul cuando llegue la próxima marea.

¡Farid no está muy convencido!

Acepta un paseo por el Parque de las Algas.

De repente, un buceador se acerca.

—¡Escóndete, Farid!, se preocupa Colita.

—Pero, ¿y tú?, pregunta su amigo.

—¡Por mí no te preocupes, a los hombres les gustan las langostas frescas!

¡Con mi quemadura pueden creer que ya estoy cocida, como dijiste hace rato!

Efectivamente, el buceador no le hace el menor caso, mientras Farid se esconde tras una roca.

—¡Estupendo!, dice Farid. Ven, te invito a cenar.

Le aprieta la pinza poniéndose rojo de gusto.

—¡Vas a ver qué bien me queda el azul!, murmura Colita, la coqueta.

25 Renato, el pato malabarista

Clara, la pata regresa a su casa. Por encima
de los arbustos, ¿qué es lo que ve?
¡Huevos voladores!
Grita un enorme cuac y corre a su nido.
—¡Es Renato! ¡Estos huevos son tan bonitos
que no pudo resistir tocarlos!
Todo el mundo sabe que a Renato le gusta mucho
el circo y quiso entrenarse con los huevos.
¿Cómo reprochárselo? La Asociación
para la Defensa de los Huevos de Patas
organizó una junta.
—¡Este pato es peligroso para nuestros
futuros bebés!, vociferan, ¡ya no debe
acercarse a nuestros nidos!
¡El castigo es muy severo!, pero Renato reconoce
que se excedió. Todos los patitos que sacudió cuando
estaban en su cáscara, brincan como loquitos
desde que nacieron.
¿Tal vez son futuros acróbatas para el circo de Renato?

26 La curiosidad de Beeeta

A Beeeta le gusta todo. Le encanta la leche de mamá Beeety pero tiene mucha curiosidad por conocer
el sabor de la hierba. Le encuentra un buen olor a la comida de los puercos y le parece que el grano
de las gallinas debe ser divertido de lamer.

—¡Tienes que escoger!, le dice su mamá. ¡Si comes
de todo serás demasiado gorda y no podrás
brincar en la pradera con las demás cabritas!
Beeeta no le hace caso.
Por todos lados mete su hocico y prueba.
Después de estos curiosos desayunos regresa
a la pradera y les pregunta a las cabritas:
—¿Puedo jugar con ustedes?
Todas se burlan de ella:
—¡Beeeta, tienes la cola como tirabuzón!
—¿Vuelas como las gallinas?
Beeeta les explica:
—¡Probé la comida de los puercos y la de las gallinas!
Y ahora sé que ¡la leche de mi mamá es la mejor
y que la hierba de la pradera es mi platillo favorito!

A Renato le duele el pico

—¡Cua, cua, cua!, Renato pasea por el patio de la granja.

—¿Qué te crees?, ¿un gallo?, le pregunta Florita. Con un pico plano, ¡es imposible!

—¡Justamente!, dice Leonardo, ¡me duele el pico!

—¡Conozco a un dentista que te podrá ayudar!, le propone Florita.

—¡Pero sabes muy bien que no tengo dientes!

—¡Ya sé, yo tampoco tengo, pero este dentista puede arreglar cualquier cosa!

Entonces, Renato va con el dentista de la granja, que le saca una radiografía del pico.

—¡Es sólo una pequeña fisurita!, dice el dentista. No debes hablar durante tres días.

—¡Tres días!, dice Renato. Pero, ¿cómo voy a dar mi discurso?

—¿Por qué no haces como si fueras un mimo?, le sugiere el dentista.

Y le amarra el pico con un bonito moño de color rojo con puntitos amarillos.

Así fue como Renato se convirtió en payaso, ya que en la granja a todos les fascinó su número de mimo...

El primer baño de Leo

Leo quiere ir con su papá a la orilla del río.

—¡Si vienes conmigo, debes aprender a nadar! Estar en la orilla del río es muy peligroso para los conejitos.

—¡Te lo prometo, papá!, dice Leo, aunque piensa que todavía no sabe nadar.

Cuando llega al lago, papá baja al agua y llama:

—¡Ven, Leo, te voy a enseñar!

—¡Tengo miedo de bajar!, dice Leo.

—¡Tenme confianza!, dice papá. ¡Conmigo no hay peligro!

—¡Pero no quiero mojarme!, dice Leo.

—¡Leo, me prometiste...!, dice papá.

Sí, pero... ¡ziiiiiiiiiip! Leo resbala y con un enorme ¡pluf!

se cae al agua. Papá lo agarra:

—¡Ya ves, no pasó nada!

—¡No necesito aprender a nadar!, dice Leo muy divertido.

—Hago un pluf y me agarras, ¿de acuerdo?

Un ostión demasiado confiado

León el ostión tiene la perla más bonita de la roca.

—¡No seas presumido, León!, si no te la van a robar, le dice Bernardo, su vecino el caracol.

—¡Pfft!, dice León al cerrarse,
¿quién me la robaría?

—Pero, ¡todos sueñan en el océano
con tener una perla así! En el bar
de las Algas me encontré a dos cangrejos.
"Parece que León tiene la perla más bonita
de la roca", decía el primero.
"Muy interesante", contestaba
el segundo.
Y un tercer cangrejo hizo con su pinza
un terrible "crac".
—¡Créeme, León, deberías confiarme
tu perla!, añade Bernardo.
Conmigo estará segura.
León tiene mucho miedo. Le confía su bella
perla a Bernardo.
—¡Te la devolveré cuando se hayan ido, te lo prometo!,
dice Bernardo guardando la perla.

. . .

Muy contento, Bernardo regresa al bar. Pide un jugo de anémona de mar y se acerca a los clientes para intentar vender la perla de León. Un cangrejo sentado junto a la barra le quita la perla antes de que Bernardo pudiera reaccionar.
Sale el cangrejo y se dirige hacia la roca donde León
se ha instalado, intentando hacer otra perla.
—¡Toc, toc!
—¿Quién toca a mi concha?, pregunta León.
Abre la puerta par ver quién está allí.
El señor cangrejo le explica:
—¡Mi estimado León, encontramos esta perla!
¿Es suya, verdad?
—¡Malvado Bernardo!, dice León.
¡Mil gracias, señor cangrejo!
"Los villanos no siempre están
donde se les espera", piensa León
al guardar su perla.

1 El asunto de las avellanas

Sí Chiqui, el topo, lo hubiera sabido antes, no habría aceptado seleccionar las avellanas.
En su madriguera está oscuro y Chiqui no ve nada. ¡Pero nada de nada!
Acaba de confundir una avellana con una caquita de conejo.
—¡Berk!, dice su hermana, si fuera tú me pondría anteojos.
—Anteojos ¿para qué? Está muy oscuro aquí.
Y además no me importa. A mí no me gustan
las avellanas.
Chiqui aprovecha para irse y su hermana
le grita:
—¡Está bien, desaparece, especie
de puerco espín!
En ese mismo momento aparece Basilio,
el puerco espín, de muy buen humor.
Chiqui le cuenta su desgracia
y Basilio lo consuela:
—¡Sígueme, tengo una idea! ¡Vamos a la casa
de la ardilla!

. . .

2 La seleccionadora de avellanas

Basilio y Chiqui se acercan a Joaquín:
—A ver, Joaquín, ¿podrías prestarnos
tu seleccionadora de avellanas?
—¿Qué me van a dar a cambio?,
pregunta Joaquín, un poco desconfiado.
—¡Seleccionamos tus avellanas y además
las acomodamos!
—¡Es una superidea!, dice Joaquín. ¡Tómenla!
Basilio y Chiqui llegan a la madriguera;
Chiquita se siente más tranquila:
—¡Qué suerte! ¿Vienen a ayudarme?
¡Pero que máquina tan rara!, agrega la topito
al ver la seleccionadora.
—Joaquín nos la prestó para separar nuestras
avellanas y acomodar las suyas a cambio.
—Pero una ardilla entierra sus provisiones. ¡No vamos a ponernos a cavar de más!,
dice Chiquita con un espíritu muy práctico.
—No te enojes, Chiquita, ya previmos todo,
responden los dos compadres.

. . .

Mayo

3 ¿Quién guardará las avellanas?

¡A trabajar! Peque vuelve a subir las cajas de avellanas, las echa en la máquina
y Basilio empuja el tubo.

—Una vez a la derecha... Una vez a la izquierda... Una vez a la derecha...

Las avellanas de los topos caen en su sótano y las avellanas de Joaquín caen en un túnel
que Chiqui cavó para eso. El trabajo ya está casi terminado cuando Joaquín regresa muy contento.

—¡Bravo! ¿Ya está todo acomodado?, pregunta. Entonces,
¿dónde tengo que buscar mis provisiones?

—¡No te preocupes! ¡Sólo tienes que pedirlas!,
dice Chiqui travieso.

Joaquín no cree que sea divertido.
Se arroja sobre Chiqui, pero Basilio
protege a su amigo. Joaquín se molesta.
Entonces, Peque, muy amable, le explica:

—A ver, Joaquín, tú sabes perfectamente
que las ardillas nunca se acuerdan
de dónde enterraron sus avellanas.
Esta vez, ya no tendrás que buscarlas.
¡Ven, te voy a mostrar tu bodega de avellanas!

Los caprichos de Espirela 4

Mamá, ¿me tejes unas botas?, pregunta Espirela,
la arañita.

—¿Botas?, responde mamá. ¿Para qué?

—Para que me parezca a la estrella de la canción
que dice: "¡Hay una araña en el tejado que teje
su calzado!"

—¡Ay! Hijita, pero es una canción para dormir niños.
¡Trata de caminar con botas!

—¡Exactamente! ¡Eso es lo que quiero! ¡Intentarlo!,
dice Espirela, un poco cabeza dura.

De buena gana, mamá teje ocho botas preciosas
para Espirela. Supercontenta, Espirela se mete
en las botas y apenas pone una pata sobre la tela...

—¡Auuuch!, Espirela cae al suelo.

—¡Bonitas, tus botas!, le dijo el señor Ciempiés.

—¿Te parece?, dijo Espirela, recién levantada de su caída. Si las quieres, te las doy.

La araña se vuelve a subir a su tela y dice a su mamá:

—¡Tus botas están fantásticas, mamá! Pero tienes que hacer otras 92 para el señor Ciempiés.

5 ¡El que decide soy yo!

Erasmo es un asno muy testarudo. Es hora de regresar a la cuadra.

—¡Yo nunca estoy cansado!, dice Erasmo.

—Pero tienes que tomar algo, insiste Aliche.

—Pero si ya tomé algo, y además ¡el que decide soy yo!

—Bueno, ¡hasta mañana!, le dice Aliche.

—¡Buenas noches! ¡Hasta mañana!,
responde Erasmo, fastidiado.
En el campo, el sol se pone. Todos los animales
están en su casa y la calma inquieta
un poco a Erasmo:
—¡Está bien! ¡El que decide soy yo!
¡Voy a regresar a mi casa!
El burrito llega a la cerca, pero está cerrada.
—A mí no me detiene una cerca. ¡El que decide soy yo!
Al saltar, Erasmo choca contra la cerca. Con un ruido
terrible de madera rota, toda la granja se despierta.
Entonces, aparece Aliche y le dice: "Ahora, como soy yo
la que va a curarte, ¡la que decide soy yo!" A Erasmo le parece muy bien
que Aliche "decida", ya que él se siente un poco mal.

6 Una brizna de campanita para Pic

Pic y Poc son inseparables, siempre están juntos. Se echan
a volar para dar un paseo.
—¡El primero que encuentre el almuerzo gana!, dice Poc.
Y ¡hop! Ambos salen inmediatamente. De repente,
Pic ve un campo de lirios. ¡Si esas campanitas son
tan sabrosas como bonitas, qué festín! Pic se abalanza
sobre las flores y picotea la primera campanita.
Poc regresa muy contento con un montón
de hierbas en el pico.
Pero, al ver a Pic, suelta las hierbas y se lanza:
—¡Detente, Pic! ¡Nunca comas campanitas!
Pic palidece porque siente que esa campanita
no se puede tragar. Suelta su bocado
y se recuesta en la tierra.
—¡Berk! Es más bonita que sabrosa y me duele el estómago.
—¡Ten!, le dice Poc, te traje hierbas. No son tan bonitas,
pero no son venenosas.

7 Ignacio descubre los colores

Ignacio es una mariposa azul. Su papá es azul, su mamá también. A Ignacio le encanta la vida en azul.
Se pasea como si fuera una mora más en una enredadera.

—A este ritmo, estás muy lejos de conocer amigos de otros colores, dice papá.
¡No le importa mucho! El color azul es suficiente
para Ignacio. Sin embargo, un día, Ignacio ve una mora
azul preciosa, con una mancha amarilla en el medio.
Trata de frenar con todas sus fuerzas,
pero es demasiado tarde. Aterriza sobre la mora.

—¡Hola!, me llamo Inés, dice la mancha amarilla,
que en realidad es una bella mariposa.

—Pero, ¡ésa es mi mora! Tienes que irte a volar
sobre las malvas, refunfuña Ignacio, sin mucha
amabilidad.

—¡A mí me gustan todos los colores!, dice Inés,
mariposeando. ¡Pero el azul es mi preferido!
Ignacio cree que se refiere a él y se azula de gusto:

—Después de todo, el amarillo también
es un color lindo...

8 ¡Gracias, Gastón!

—¡León! ¡León! ¡León!
Gastón grita como un loco en espera de que todos lleguen a ver su suntuoso pavoneo.

—¡Mira que es ridículo!, dice Gilda a su amiga pava real.

—¡Todo ese ruido para que le presten atención! ¡Qué presumido!, agrega Gertrudis.

—No es el único que sabe pavonearse, y eso no prueba que vaya a ser un buen padre,
comenta Gilda. Primero, un buen padre debe saber gritar "León"
a horas más decentes.

—¡Es cierto! Cuando los hijos duermen, un buen padre se calla,
admite Gertrudis.

Las dos comadres siguen con su perorata, aunque
no comprendieron que el grito de Gastón
era una advertencia.

El gran perro del vecino está frente a ellas,
¡con aire amenazador! Por suerte, el "León"
estridente de Gastón despertó a todo el mundo,
porque el perro se regresó por donde vino
¡delante de todos los amenazantes pavos reales!

9 El ladrón de colas

A Juancho le encanta holgazanear al sol
en un escalón de la casa. Pero Tomás,
un niño que no es malvado,
pero que tampoco es muy amable,
siempre intenta atrapar las lagartijas
que se broncean en su escalera.
Y Tomás las atrapa por la cola.
Las lagartijas la sueltan y se escapan
muy avergonzadas.
Tomás acomoda sus colas de lagartija
de manera muy ordenada sobre
una cornisa. Está muy triste, porque
lo que quiere en realidad es ¡hacerse amigo
de las lagartijas! ¡Juancho vio todo! Con sus amigos sin cola, decide organizar una manifestación.
Escribe sobre un gran cartón: "¡Abajo la caza de lagartijas!", y luego, en otro cartón,
"¡Devuélvenos nuestras colas!"

. . .

10 La manifestación

Sentado cerca de su murito, Tomás se aburre un poco. Pero de repente, ¡aparece una colonia
de lagartijas! Tomás las observa y ¡sorpresa! ¡No tienen cola! Tomás se siente un poco incómodo.
¿Qué van a hacer las lagartijas?

Repentinamente, lee los carteles: "¡Abajo la caza
de lagartijas!", "¡Devuélvenos nuestras colas!".
Finalmente, Tomás entiende lo que quieren
las lagartijas. Especialmente cuando
lee el último cartel:
"¡Paz para las lagartijas!"
Tomás pone todas las colas
en el escalón más cercano
a las manifestantes.
Una tras otra en la fila,
con Juancho a la cabeza,
recuperan sus colas
y se acomodan en la cornisa
para holgazanear al sol...
cerca de su nuevo amigo Tomás.

¡Paz para las lagartijas!

¡Abajo la caza de lagartijas!

Los albatros guardianes

Athos adora sobrevolar la bahía.
Puede ver todo lo que pasa.
De repente, mientras está volando,
se cruza con su amigo Aramís:
—¡Hey! ¡Athos! ¿Ya viste que ahí abajo
se está tramando algo sospechoso?
—¡Vi una sombra en el agua!
¡Me parece que es "Dientes grandes"!
A lo largo de la playa se pasean los peces, las tortugas
nadan, todo está en calma aunque no por mucho tiempo.
—¡Tenemos que avisarles!, dice el albatros a su amigo.
—¡Ya sé!, responde Aramís. ¡Ven conmigo a buscar esa nube!
Los dos albatros escriben en el cielo con pequeños trozos de nube:
"¡Tiburones a la vista! ¡Todos a los refugios!"
¡Todo está patas para arriba en la bahía!, los peces se dirigen hacia las rocas, donde no puede pasar
el monstruo, y las tortugas se van hacia la playa.
¡UFFF!
Todo el mundo les agradece cálidamente a Athos y Aramís y los nombran guardianes de la bahía.

La agencia de viajes Gigí

—¡Gigí!, grita el tití. ¡Ayúdame a atrapar esas bayas,
están demasiado altas para mí!
—¡Ya voy!, responde la jirafa mientras balancea graciosamente
su larguísimo cuello.
Todos los bebés del zoológico adoran a su Gigí.
—¡Gigí, tú eres una escalera sobre patas!, le repiten
todo el tiempo. Pero Gigí no es sólo eso: también
es una importante agencia de viajes.
—¡Los llevaré a la orilla del agua!, les anuncia mientras mira
el mar.
—¡Síiiii!, gritan a coro los titís y los bebés gorilas.
Y ¡hop!, saltan a montarse sobre su cuello.
—¡Agárrense bien!, dice Gigí. ¡El viaje va a comenzar!
—¡Espéren!, se quejan los cachorritos de león.
¡Nosotros también queremos ver el mar!
¡Ya está! ¡Gigí está con su capacidad cubierta! Y no importa
si todos están un poco apretados, porque en algunos minutos,
ititís, gorilas y cachorros de león estarán en el agua!

13 El juego de "pasar el río"

Pobre Leo: ¡se divirtió tanto en el agua que no se dio cuenta y ahora está del otro lado del río!
—¡Mamá!, grita, subiendo apenas a la orilla.

—¡No te muevas, mi chiquito!, dice la leona.
¡Ya voy a buscarte!
Pero a la mamá de Leo le da miedo el agua y la corriente
está muy fuerte. Y su hijito llora a lágrima suelta...
¡Uf! Hipólito comprendió lo que pasa y sabe cómo salvar
al cachorro.
—¡Hey, amigos!, grita el regordete hipopótamo.
¡Vengan rápido! ¡Tenemos una acción urgente!
Toda la tropa de hipopótamos llega
con sus grandes pezuñas.
—¡Bien!, ordena Hipólito. Vamos a meternos en fila
uno tras otro para hacer un puente, de ese modo,
Leo sólo tendrá que saltar sobre nuestro lomo
para atravesar el río.
¡Hop, hop, hop! Leo salta sobre
los hipopótamos, y luego ¡a los brazos de su mamá!
—¡Es muy divertido jugar a "pasar el río"!, dice Leo. ¿Lo volvemos a hacer?

14 La guardia de las catarinas

Esta mañana, Angelina tiene un hambre terrible, y ¡eso no es poca cosa
para una catarina!
—Nos encontramos todas en el rosal de la derecha,
cerca de los setos, le anuncia a sus compañeras.
¡Ahí siempre está lleno de pulgones para mordisquear!
—¡Cuidado!, susurra Minus, el más listo de los pulgones.
¡Ahí viene Angelina!
Inmediatamente, todos los pulgones del jardín se esconden
detrás de él. Pero Minus ya está cansado:
¡va a hablar con la catarina!
—Señorita, le dice. ¡Tengo una propuesta que hacerle!
—¿Qué propuesta?, se ríe burlonamente Angelina,
con mucha hambre. ¿Contarme los puntitos?
¿Llevarme el desayuno a la cama?
—¡Mejor que eso!, dice Minus. Mis amigos y yo vamos
a ser sus guardaespaldas, así, si se les acerca una araña
o una rata, ¡nosotros les avisamos!
¡Angelina piensa que es una idea excelente!
Desde ahora en adelante, en el jardín, cada catarina
tiene un pulgón que la sigue... ¡como si fuera un perrito!

15 El hipo de Peli

Cinco ranas tienen cinco amigos, los pelícanos.

—¿Les parece que juguemos al "salto de ranas"?, preguntan las ranas.

—¡Yo no juego!, responde Peli. Tengo el estómago revuelto.

Pero Ana la rana insiste tanto que Peli, el pelícano, al menos abre su pico muy grande, junto a sus amigos.

—¡Con ese inmenso buche que tienen, dice Ana, es imposible saltar junto a su pico!

Pero la rana salta muy fuerte y ¡glup!, Peli se la traga. Y Peli, ¡tiene hipo!

—¡Rá-pi-do!, ¡hic!, tartamudea Peli. ¡Me ahogo! ¡Hi-hic!

Las ranas brincan, convierten a la panza de Peli en trampolín y ¡hic! Ana finalmente vuelve a aparecer por su pico. Pero, ¿qué tiene entre las patas?

—¡Descubrí por qué te sentías pesado, mi Peli!, dice la rana, mostrando una piedrita grande.

¡Qué suerte que fui a tu estómago para hacer limpieza!

16 ¡Feliz cumpleaños, papito!

¡Puerquín, Pedro, Simón y Momó no se olvidaron! Hoy es el cumpleaños de su papá. Avanzan con las puntas de las pezuñas hacia su recámara... ¡Uf! Papá cochinito ronca como un motor viejo.

—¡Mamá!, susurran los cochinitos. ¡Tenemos una superidea para el regalo de papá!

—Hijitos, murmura mamá completamente dormida, me lo dirán en la mañana. Es muy temprano: el gallo ni siquiera ha cantado. ¡Vuélvanse a acostar!

¡Ni modo! Cuando los cochinitos están levantados, ¡el día comienza, no importa qué hora sea!

—¡Vengan!, susurra Puerquín a los demás. ¡Así tendremos tiempo para preparar nuestro regalo! Lamentablemente, con la trompa apenas afuera...

—¡Oh, no!, suspiran los cochinitos. ¡El charco está completamente seco!

—Entonces, ¿cómo va a hacer papá para darse su baño de lodo?, gime Momó. ¡A él le encanta!

...

17 El baño de papito

—¡Ya sé!, dice Pedro. Nuestro vecino tiene una tina vieja que le sirve de alberca, junto a su cobertizo. Siempre está llena de agua. Con ella, ¡él riega su huerta! Pero nosotros no vamos a tomar la regadera: vamos a usar la manguera vieja.

Sin hacer un solo ruido, los cochinitos sumergen un extremo de la larga manguera en la tina y el otro en el charco.

—¡Es tu turno de jugar, Puerquín!, dice Pedro.

Puerquín mete la punta de la manguera en su boca y aspira muy fuerte para que llegue el agua... ¡Campeón! ¡El agua de la tina va por la manguera y sale impetuosamente cuando llega al charco! El charco de lodo está listo; el gallo ya cantó y ya salió el sol... ¡Y papá cochinito también se despertó!

—¡Feliz cumpleaños, papito!, exclaman los cochinitos dirigiéndolo hacia el charco.

¡Papito, feliz con su regalo, rodó por el lodo durante toda la mañana!

18 El sueño de Ratoncito

Ratoncito sueña con volar, pero ¡eso es imposible para un ratón de campo!

—Vamos, Ratoncito, dicen sus amigos, ven a jugar a las escondidas con nosotros.

Ratoncito es tan pequeño como sus amigos pero él, ¡él tiene grandes ideas en su cabecita!

—Un día, ¡voy a volar!, se dice mientras se encamina entre dos espigas de trigo. De repente, percibe una inmensa sombra negra. Ratoncito se hace cada vez más chiquito, pero ¡la sombra se le acerca! Se acaba de posar delante de él un cuervo muy negro con un gran pico.

—¡No tengas miedo!, dice el pájaro. Escuché lo que decías y yo puedo hacer realidad tu sueño.

—Pero, tartamudea Ratoncito sin dejar de temblar, ¡es imposible: los ratones no vuelan!

—Pues bien, ¡serás el primer ratón volador!, responde el cuervo extendiendo sus alas. ¡Anda, súbete!

Ratoncito se olvida de las escondidas. Tiene cosas más importantes que hacer...
¡Es tan bello ver el mundo desde arriba!

19 ¡Viva la noche!

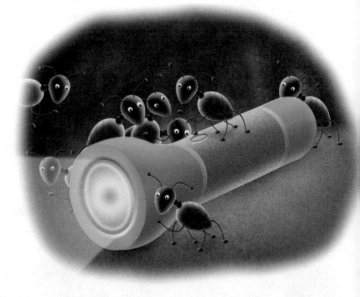

¡Braum!

—¡Mamá! ¡Tengo miedo!, gritan todas las bebés hormigas. ¿Qué es ese ruido?

—¡A trabajar, muchachas!, protesta la reina de las hormigas. Nuestro hormiguero está prácticamente destruido. ¡Rellenen los hoyitos! Seguro fue un paseante que se cayó al piso.

Un ejército de hormigas se pone a trabajar cuando de repente, mientras aprietan la tierra de una de las galerías, Alma percibe algo que brilla:

—¡Encontré un tesoro!, se pone a gritar, orgullosa.

Sus amigas llegan donde está Alma y ¡hala! Todas juntas transportan el tesoro sobre sus frágiles espalditas.

De pronto, ¡clic! Un rayo de luz ilumina todo el hormiguero.

—¡Genial!, exclama la hormiga. ¡Es un llavero linterna! Probablemente, nuestro paseante la perdió al caerse.

—¡Mucho mejor!, gritan las bebés hormigas. De esta manera, ¡nuestra casa ya no estará oscura!

20 ¡Nada de comida para Rodolfo!

Picolí, Pícolo y Picolina siguen muy atentamente a su mamá. Pero de repente,
Pícolo observa que en la tierra hay algunos granitos de maíz.

—¡Hmmm! ¡Qué rico!, dice el pollito
mientras picotea.

Mamá gallina no se dio cuenta de nada,
¡porque ella marcha con la cresta por delante!

Pero sus pollitos se fueron del corral para seguir
todos los granos de maíz. Y llegaron cerca
de la guarida de Rodolfo, el zorro.

—¡Bienvenidos a mi casa!, exclama Rodolfo.
¡Pasen, aún tengo muchos granos para ustedes!

¡Clic! El zorro cierra con llave su puerta.

—¡Ajá!, se ríe burlonamente el astuto zorro.
Esparcí con maíz el camino a propósito
para que ustedes llegaran a mi casa.
¡A mí me encantan los pollitos!

Pero el zorro, demasiado apurado, tropieza y se cae. Y los pollitos ¡también son astutos!
Agarran una madeja de hilo y ¡hop! Rodolfo está amarrado como si fuera un salchichón.

21 ¡Bravo por los bomberos!

A la orilla del charco, los elefantes realizan
un gracioso concurso.

—¡El que llegue más lejos gana!, dice Polo.
¿Están listos?

—¡Listos!, responden sus amigos.

Entonces, ¡pluf! Los elefantes sumergen
su trompa en el agua, aspiran un montón de agua
y ¡pschhhhh! Arrojan el agua lo más lejos posible...

De golpe, la voz aguda de un buitre resonó
encima de ellos.

—¡Vengan rápido!, dice. ¡Hay fuego en el pueblo!
¡Las casas se incendiarán!

En ese momento, Polo y sus amigos dejan de jugar. Vuelven a sumergir la trompa, absorben muchísima agua
y corren a toda prisa hasta el pueblo. Y, al mismo tiempo, ¡pschhhhh! Lanzan toda el agua sobre las llamas.

—¡Bravo!, exclama la gente del pueblo. ¡Salvaron nuestras casas!

Los elefantitos se sienten muy contentos: ayudaron muy bien y, además, ¡recibieron como recompensa
una montaña de hierba para que se la coman!

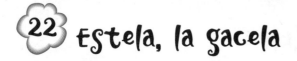

22 Estela, la gacela

Estela, la gacela, es la más coqueta de la llanura. Cuando la ven pasar, los hipopótamos siempre la llaman "¡gacela, gacela!". Pero Estela nunca les responde.

Considera que son gordos y feos. Debido a esto, los hipopótamos que viven tranquilamente en la orilla del agua se burlan de la coqueta presumida. Un día, después de correr por las hierbas altas para que los otros animales la admiraran, Estela tiene sed. Se acerca al estanque, pero un hipopótamo malvado la ve llegar. Rápidamente, se esconde detrás de ella e imita el rugido de la leona. Estela, aterrorizada, se arroja al agua lodosa del estanque. Todos los curiosos se aproximan para burlarse de ella porque, ¡puaj!, su pelaje húmedo está ¡muy sucio! —Gacela, gacela, ¡ya no serás la más bella!, le exclaman los animales a la coqueta.

23 Alberto y Rurrú

Rurrú canta durante todo el día. Su vecino Alberto, el gato, ya no puede más. Odia los arrullos de la tórtola. Cada mañana, Alberto se despierta con el pelo erizado, y las garras y uñas listas para el ataque. —¡Detente!, le grita. Si continúas, ¡acabaré comiéndote cruda! Al escucharlo, Pit el palomo se vuelve loco: ¿cómo salvar a Rurrú?

¡No hay ninguna duda, Alberto acabará ejecutando su amenaza!

Una noche, Pit se escurre por la casa de Alberto en compañía de sus amigas las hormigas.

Éstas se deslizan bajo el colchón de Alberto y, lentamente, lo llevan hasta la vieja casita, en el fondo del jardín. —¡Qué bien dormí!, exclama Alberto al despertarse. ¡Esta casa es maravillosa! ¡Aquí me quedo!

Alberto ya no habla de comerse a Rurrú. Incluso a veces le gusta escucharlo, pero inmediatamente después de que termina la canción, recupera su silencioso refugio.

24 El coro

Doroteo detesta las papas, lo que es muy fastidioso para un escarabajo de las papas. Sin embargo, Doroteo adora cantar a voz en pecho posado sobre un capullo de rosa. Por supuesto, todas las doríforas están enojadas con Doroteo.

—¡El señor prefiere las rosas!, susurran por detrás. ¡Qué extravagante! ¿Qué se creerá ese Doroteo, eh? Catalina, Caterina, Caty, Mariquita, Marita, sus amigas, quisieran ayudarlo, pero, ¿qué pueden hacer?

—¡Llevémoslo con nuestro rey Catarínico, él encontrará la solución!, dicen las valientes catarinas. Y Doroteo, rodeado de sus amigas, se presenta, un poco intimidado, frente al rey.

—¡Tráiganme un bote de pintura roja y un bote de pintura negra!, dice el rey. A partir de hoy, y porque yo lo digo, te llamarás Catarino: dirigirás el coro de las catarinas del jardín de las rosas. Desde entonces, ¡ni siquiera los escarabajos de las papas se pierden un concierto de Catarino!

25 ¡Harry se reirá!

Harry, el pez payaso, decidió que ya no va a hacer bromas. Porque ahora lo que pasa es que cada vez que se cruza con un habitante del coral, ¡este último se pone a reír a carcajadas antes de que Harry haya dicho una palabra!

—¡Ya es suficiente!, refunfuña. ¡Todo el mundo se burla de mí! ¡Ya no quiero ser el hazmerreír de todos!

Harry nada muy rápido para refugiarse en su casa la anémona. Apenas llega a su casa, ¡ésta se pone a vibrar de risa! Y se sacude de tal manera que ¡PUM!, un espejo muy viejo se cae.

¡Pobre Harry!, le tenía mucho cariño a ese espejo. Muy enfadado, se precipita para recogerlo y ¿qué es lo que ve? Un Harry con rayas rosas y corazoncitos azules: ¡se trata del virus que los peces payasos agarran en verano! Entonces, ¡Harry se ríe como un loco! Tan fuerte que todos los habitantes del coral acuden para reír junto a él. Decididamente, ¡qué payaso, este Harry!

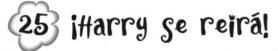

En la oscuridad

Sofía tiene miedo de la noche. No es algo muy grave, pero es fastidioso para un murciélago. Todos sus amigos esperan el atardecer con impaciencia, pero Sofía empieza a temblar cuando cae la noche.

—¿De qué tienes tanto miedo?, le preguntan sus amigos.

—Cuando está oscuro, tengo miedo de la pesadilla que se esconde en la gruta donde vivo. Es terrible, con grandes alas y dientes muy puntiagudos, murmura Sofía muy despacito.

—¡Ven!, le proponen sus amigos, ¡vamos todos juntos a cazar la pesadilla de tu gruta!

Los murciélagos se acurrucan en la gruta de Sofía mientras esperan que llegue la noche.

Cuando está oscuro, Sofía da un gran grito:

—¡Miren! Ahí está, ahí ESTÁN, son un montón...

Todos sus amigos empiezan a reírse.

—¡Pero no, Sofía! Mira, tienes miedo de tu reflejo en el espejo. ¡Mira! ¡Somos nosotros!

El circo Tinoco está loco

27

Los artistas del circo Tinoco están furiosos: las pelotas del elefante malabarista desaparecieron, la cuerda del caniche equilibrista también, el rinoceronte domador está encerrado con sus tigres y la gacela trapecista perdió su sombrilla.

—¡Es increíble!, declara el señor Zapallo, el caballo. Estoy convencido de que algún celoso quiere impedir nuestro espectáculo. ¿Quién podrá ser?

Todo el mundo está intrigado. De repente, con un redoble del tambor, Chupi, el chimpancé, aparece en la pista. Parado sobre el trapecio, se avienta, se balancea, se vuelve a agarrar de la cuerda y, sobre una sola pata, hace malabares y luego le lanza las pelotas a Tigrú, el tigre blanco, antes de caer sobre la arena de la pista mientras da una voltereta tras otra.

—¡Qué buen número de payaso!, exclaman todos los artistas, aplaudiendo muy fuerte. Te ganaste tu lugar en el espectáculo: ¡serás Chupi, el payaso más grandioso del mundo!

La familia Erizo se agrandó: mamá Erizo acaba de tener tres pequeños, muy pinchudos y muy redondos.
Papá Erizo se hace mala sangre: toda la familia debe reunirse con sus primos, al otro lado
de la autopista. Papá Erizo sabe que atravesarla es muy peligroso.
—¿Cómo haremos con hijitos tan chiquitos?, se pregunta. Caminamos tan lentamente... y los autos
van ¡tan rápido!
Su amiga Pupú, la liebre, tiene una idea.
—El otro día recibí una publicidad para Minervataxi, le dice. Es una compañía de ciervas
que pueden llevarte rápidamente adonde tú quieras. Deberías llamarlas.
No pasó ni un minuto y papá Erizo las llamó: esa misma noche, toda la familia Erizo fue transportada
de un salto, sana y salva, al otro lado de la autopista.
—¡Genial!, exclama papá Erizo. ¡Rápido, niños! ¡Vamos con nuestros primos!

29 Alberto, el gruñón

Clara maúlla muy fuerte, agarrada de la rama más alta del gran roble. Es un pequeño gatito gris, con un collarín blanco bajo el mentón. Clara llora porque tiene hambre.
Mucha hambre. ¡Tanta hambre!
—¡Ayúdenme!, maúlla. ¡Auxilio! ¡Socorro!
Alberto, el viejo gato gruñón, pasa por ahí.
—¡Deja de gritar así!, le dice. ¡Me partes los oídos!
—Pero, tengo hambre, se queja Clara. Y además, ya no sé cómo bajarme de este árbol. Ayúdeme, por favor.
—¡Por supuesto que no!, gruñe Alberto, y por principio, no me gustan los gatitos.
Alberto mira de refilón a Clara, que lo observa suplicándole.
—Por favor..., repite Clara.
Alberto duda durante un instante, ese gatito parece tan triste.
—Bueno, te indico cómo hacerlo, pero después ¡te las arreglas sola!

. . .

30 El beso de Clara

De un brinco, Alberto está arriba del viejo roble.
—¡Vamos, sígueme! Pones una pata en esta rama, luego la otra aquí... Saltas sobre la de allí, luego hacia la de allá... y listo. ¡Te aseguro que no es complicado!
Ni bien Alberto y Clara llegaron al suelo, Clara le da un beso enorme al gato gruñón.
—¡Detente!, exclama Alberto. ¡No me gustan los gatitos y mucho menos los besos!
Clara lo observa con un aire tan triste, tan lloroso...
—Bueno, después de todo no es tan grave. Anda, adiós, refunfuña Alberto mientras se aleja.
Clara lo sigue tímidamente, de puntitas.
—¿Vives lejos?, le pregunta. ¿Puedo ir contigo?
—Claro que no, responde Alberto. Me gusta estar solo, tranquilo.
Clara lo observa con un aire tan triste, tan lloroso...
—Bueno, está bien, pero sólo un momento, dice Alberto.

. . .

En ese momento, en la parte más alta de un gran álamo, resuena un maullido desgarrador.

—¡Morena! ¡Es Morena, mi hijita! ¡Oh, Alberto, por favor, tenga la amabilidad de ayudarla a ella también!

Alberto duda por un instante, pero la gatita tiene el aire tan triste...

—Bueno, yo te indico cómo hacerlo, pero después, ¡ustedes se las arreglan solas!

De un brinco, Alberto está en la parte más alta del árbol. Ahí, Morena, una pequeña gata negra, lo mira con sus grandes ojos verdes.

—¡Sígueme!, dice Alberto con una voz casi dulce.

Ni bien Alberto pisó el suelo, las dos gatitas le dan dos grandes besitos ronroneando muy fuerte.

Y Alberto, el viejo gato gruñón, piensa que es algo muy tierno.

Alberto regresó a su casita del fondo del jardín, seguido por las dos gatitas muy contentas.

Desde entonces, ya nadie lo llama Alberto, el gruñón, sino Abuelito Alberto, como le dicen Clara y Morena.

1 El río mágico

En el país de los canguros vive una familia de koalas. Juanito es el más joven. Se la pasa todo el día colgado de una rama baja de eucalipto mirando, un poco envidioso, a los canguros que brincan en la llanura. Una mamá canguro lo escucha suspirar.

—¡Pobre chiquito!, se dice, parece estar verdaderamente aburrido. ¿Y si lo invito a dar una vuelta en mi bolsa?

¡No lo pensó más y lo invitó!
¡Ahí está Juanito paseándose
a toda velocidad por la llanura!
¡Qué momento inolvidable!
—¿Quieres saber algo?, admite
la mamá canguro, nosotros
te envidiamos mucho. Qué calma
y qué vista extraordinaria debes tener
de la llanura desde lo alto de tu árbol...
Inmediatamente, Juanito intenta escalar
su eucalipto hasta lo más alto...
¡Oh, sorpresa! Con la vista en el horizonte,
¡descubre un magnífico río!

...

2 El secreto

A partir de ese día, ¡Juanito es el más orgulloso de todos los koalas!
—¡Nadie! ¡Ningún koala, ningún canguro conoce este río!, exclama.
¡Quiero guardar este tesoro SÓLO PARA MÍ!
Cuando la mamá canguro llega
a invitarlo a un paseo, Juanito
le devuelve una mirada altanera
y la ignora. Su familia también
se preocupa, porque el koala ya no pasa
ni un instante con ellos y ni siquiera juega
con sus hermanos.
Siempre se queda trepado en la parte más alta de su árbol para contemplar
SU descubrimiento. Juanito ha cambiado mucho. Un día, mientras se trepa
para vigilar SU río, se da cuenta de que en un eucalipto lejano hay una pequeña silueta.
Ella también observa su tesoro... Juanito tiene mucho miedo: él, que no quería
prestar su precioso río, ¡corre el riesgo de que se lo roben!
¿Qué le pasará si eso sucede?

...

junio

3 Compartir

Al atardecer es cuando a Juanito le gusta
más SU río. Brilla como mil luces.
Esa noche, Juanito no vio la misteriosa
silueta. Probablemente, ¡decidió dejarle
su tesoro! De repente, muy cerca
de él, el follaje se agita.
Pero su familia está dormida desde
hace mucho. Juanito empieza a tener
miedo. ¿Quién puede ser tan tarde?
Los animales se acuestan temprano
en la llanura. Entonces, entre el follaje,
aparece... ¡una pequeña koala!
—Discúlpame, no quería asustarte, le dice,
un poco incómoda. Me di cuenta de que tú también admiras
el río mágico. ¿Sabías que todos los enamorados del río mágico se encuentran
todas las noches en el gran eucalipto azul?
Juanito no puede creer lo que está oyendo. Es cierto que se siente un poco triste por compartir SU río,
¡pero qué suerte hacerse de nuevos amigos!

4 Gorilas músicos

Para su aniversario, Manila, el gorila músico, quiere organizar un concierto con toda su tribu. Sus amigos
aceptan contentísimos aunque son un poco desordenados. ¡Hacen lo que salga de su cabeza, mientras
sea ruido! Golpean sobre su enorme torso
sin seguir el ritmo, se rascan la espalda
con los árboles, silban en las hierbas, hacen
temblar sus inmensos labios para imitar el sonido
de las trompetas. Manila ya no aguanta esta
cacofonía. Se aleja desesperado. Avergonzada,
la tribu decide darle una sorpresa. Llega el gran
día. Los gorilas se unen a Manila, que está
escondido detrás de un talud de hojas, y tocan
sólo para él. Ensayaron un montón y Manila
se maravilla de los progresos de cada uno.
Desde entonces, cada año en la misma
fecha, en la sabana africana se escuchan
las melodías de los gorilas.

junio

¡A la mesa!

René la garza es muy ingenua: ¡sus amigos se aprovechan de eso! Aunque todos los días la garza ayude a los demás a pescar deliciosos dorados, no prueba ni siquiera un pedacito.

—¡Demasiado tarde, René, con un poco de suerte, mañana te toca algo!, exclaman sus compañeros.

Un día, muy hambrienta, René se acerca a un caracol para ver si lo puede mordisquear.

—¿Qué te pasa?, exclama este último, ¿te alimentas con caracoles mientras las otras garzas saborean excelentes pescados? Te están utilizando, mi pobre René.

—¿Qué puedo hacer?, pregunta la garza, desconsolada.

—¡Trae algunas libélulas y mañana te explico!

Al día siguiente, René llega a la cita.

—Deja tus libélulas sobre ese nenúfar, dice el caracol, y regresa más tarde, encontrarás ahí un pescado muy fresco.

¡Efectivamente, las libélulas se constituyen en maravillosas carnadas! Así, todos los días, René vuelve locas de envidia a las demás garzas, ya que sin hacer ningún esfuerzo ¡pesca los mejores peces!

6 ¡Una dieta terrible!

Milena se arregla con ahínco para ganar el título de Miss Sirena de la laguna: máscaras de algas para alisar la piel y cuidados de esponja para volverla tan brillante como se pueda. ¡Nunca acaba!

Hoy tiene una cita con el médico porque quiere adelgazar unos kilitos.

—Hmmm... Miss Milena... titubea el doctor, usted sabe que no está tan gorda...

—Bueno, pero tengo algunos gramos de más en la aleta, ¿no le parece?

—En realidad es muy poco, responde el doctor. ¡Con un poco de ejercicio será suficiente! Dé cinco vueltas completas a la laguna, mañana, tarde y noche.

Entonces Milena da vueltas alrededor de la laguna sin descanso, de la mañana a la noche. Al cabo de un mes, efectivamente Milena perdió sus redondeces, ¡pero está graciosamente musculosa! Finalmente, fue elegida ¡Miss Músculo de la laguna!

7 Camilo Superestrella

Desde hace algún tiempo, el clima está tan lindo que Camilo, el camaleón, siempre está azul, azul como el azul del cielo.

Eso le molesta un poco. Entonces, trata de meterse sobre la hierba para volverse verde. ¡Pero no obtiene ningún resultado! Sin embargo, Camilo se da cuenta de que su nuevo estilo provoca que no pase inadvertido para los demás camaleones, y sobre todo ¡para las damitas! Cada vez que pasa, se voltean, llenas de admiración.

—¡El azul te queda muy bien! ¡Estás tan bello que cortas la respiración!, le susurran. Cuando ya es de noche, Camilo hasta refleja las estrellas: ¡centellea como si tuviera mil luces!

¡Una multitud de periodistas, fotógrafos y admiradores lo aclama! Y sí, sin quererlo, ¡Camilo se convirtió en una superestrella!

8 Un buen baño de lodo

En la sabana, hoy la temperatura es de 45° a la sombra... Ya no hay hierba fresca y crujiente ni estanques revitalizantes... Incluso el lodo, en el cual Rino, el rinoceronte, acostumbra rodar, está todo agrietado.

—¿Dónde podré darme un buen baño? ¿Adónde se fueron los pájaros que diariamente vienen a picotearme la espalda?

La sabana está extrañamente desierta. Un jabalí le comentó acerca de una selva muy lejana. Rino se encamina hacia allí.

Después de muchas horas de caminar, finalmente, la selva aparece en el horizonte. Rino se encuentra con todos sus amigos de la sabana, que se refrescan en el agua de un profundo río. Junto al río, lo espera un magnífico y gigantesco charco de lodo. Rino toma impulso y ¡pluf! ¡Es un hecho! ¡Pasará sus largas vacaciones ahí!

9 La escuela del monte

En las mañanas, Gatito quisiera quedarse en la cama
y, sobre todo, no ir a la escuela. Su mamá se enoja:

—¡Levántate, Gatito! ¡Ya es hora de que te bañes!

—Todavía tengo sueño y, además, ¡no me gusta
bañarme!, refunfuña Gatito.

—Tienes que bañarte para sentirte bien,
responde la gata con autoridad. Camino a la escuela,
Gatito se encuentra con su amiga Mina.

—¡Hola, Mina! ¿Qué dirías si hoy no hubiera clases?

—¿No hay clases? ¿La maestra está enferma?

—Podríamos hacer de cuenta que sí
y no ir a la escuela. Nos iríamos a cazar ratones,
a tomar leche a la casa del señor que vende
quesos o a ¡molestar a ese perro tonto que duerme
a la vuelta de la esquina!

—Me daría mucho miedo que me atraparan.

—Pero no le diremos a nadie. ¡Ven! ¡Vamos a divertirnos!

¡Ya está! Nuestros dos gatitos se fueron hacia la escuela del monte.

. . .

10 La carrera de persecución

Ahí están Mina y Gatito que corren tras el ratón y que maúllan en casa del señor que vende quesos,
hasta volverlo loco.

—¡Vamos a rasguñar la cola de Biondi, ¡esa gran bestia!,
sugiere Gatito.

—El problema es que al viejo perro no le gusta PARA
NADA que lo molesten durante su siesta.

Al sentir las garras de Gatito y de Mina hundirse
en su cola, muestra los dientes y los empieza a corretear.

—¡Pequeños granujas! ¡Me los voy a comer crudos!,
les ladra.

—¡Corre, Mina!, exclama Gatito. ¡Volvamos a la escuela!

Los gatos se deslizan dentro de la escuela
por un agujerito, lo suficientemente estrecho
para el perro... ¡Ufff!

—Esta vez tuvieron suerte, gruñe Biondi, ¡pero tengan
cuidado, los tendré en la mira!

Pero alguien más espera a Gatito y a Mina: ¡su maestra!

Y ella los mira, con el ceño muy fruncido.

En la colmena, la especialidad es la miel de lavanda, aunque Aby piensa que ¡es un poco fastidioso siempre libar lavandas! Además, se esparce por los campos. ¡Esto no es vida! Aby se escapa del equipo porque se dio cuenta de la existencia de unas rosas. En los pétalos grandes, ella puede dormir la siesta. Una vez repuesta, regresa con su botín a la colmena y le pide a Susy que lo ponga en un alvéolo separado.

Susy está intrigada por saber cuál será el resultado.

Cuando el alvéolo de miel de rosa está lleno,

Susy se las arregla para llevárselo a la reina.

—¡Ah! ¡Oh!, exclama la reina extasiada.

¿Quién hizo esta miel digna de mi jalea real?

—¡Nosotras, su majestad!, dicen orgullosas Aby y Susy.

—¡Las nombro libadoras reales!, dice la reina mientras condecora a las contentísimas compinches.

Ahora, Aby tiene muchísimo trabajo.

Probablemente, hasta demasiado...

...que se volvió 12 exploradora

Aby regresa a ver a Susy con su última carga de polen de rosa:

—Susy, tenemos que encontrar irremediablemente una solución. Es un trabajo para un zángano. ¡Ya no puedo seguir a este ritmo!

—Tienes razón, Aby, creo que tengo una idea. Ven conmigo para ver a la reina.

La reina recibe a nuestras amiguitas y Susy le explica:

—Majestad, necesitamos obreras para obtener su miel de rosa, porque Aby y yo estamos haciendo investigaciones para fabricar otra miel.

La reina golosa y curiosa felicita a sus abejas y designa un equipo especial para la miel de rosa:

—De este modo, ustedes se convierten en mis exploradoras personales. ¡Espero los resultados que me traigan!

Así, Susy y Aby aumentaron sus horas de siesta. Ya que para poder crear algo, ¡hay que estar en perfecto estado! ¿Y la nueva miel?

—¡Nos falta inspiración!, responde frecuentemente Aby.

13 Kangu busca su bolsa

Kangu salta de la bolsa de su mamá.
Parte para descubrir el mundo. Se cruza
con dos canguros.
—¿A qué están jugando?, les pregunta
a Lona y a Lala.
—Nos divertimos llenando de manzanas
la bolsa de la otra. Y después,
¡nos las comemos!, responde Lala mirando a Lona.
—¿Puedo jugar con ustedes?, pregunta Kangu.
—¡Claro que no! ¡Tú no tienes bolsa!, le dice Lona.
¡Qué decepción para Kangu! ¡No tiene bolsa!
Regresa inmediatamente a buscar a su mamá.
—Mamá, ¡es terrible! ¡Los demás tienen bolsa y yo no!
—¡Las demás serán mamás, mi Kangu! Las mamás les dan de comer a sus bebés en su bolsa
y los papás salen a buscar la comida. Tú, tú serás un papá. Por eso no tienes necesidad de una bolsa.
Kangu se siente consolado. Sale disparado como una flecha y les dice a Lona y a Lala:
—¡Voy a ser un papá!
—¡Está bien!, dicen las muchachas. Mientras tanto, ¿quieres ser el árbitro?

14 ¡Gama está enojadísimo!

Gama vio al abuelito Llama escupir.
En principio, le pareció que eso era
muy sucio. Pero el abuelito Llama
le explicó que una llama enojada
tiene derecho de escupir. Entonces,
para poder escupir como el abuelito,
¡Gama decidió que estaba enojado!
Pero a sus amigos eso no les parece
nada gracioso.
—¿Por qué estás enojado?,
le preguntan.
—¡No lo sé!, dice Gama al tiempo
que escupe.
—Propongo que dejes de escupir,
dice el abuelito. Necesitas una muy buena razón
para seguir, si no, ¡estás gastando tu saliva por nada!
—¡Está bien!, dice Gama. Y además, si siempre estoy enojado, nadie va a querer jugar conmigo.
Mejor le paro... ¡lo juro... palabra!
Ni bien Gama dejó su extraña manía, todos sus amigos del pueblo llegaron a jugar con él.
Ahora, tienen muchas cosas que contarle.

15 Clemente cambia de menú

Clemente, la lechuza, sale a cazar al bosque de Cucufás. En el menú: ratones de campo muy gorditos y algunas frutas. Se echa a volar, pero, a pesar de la noche, en ese bosque está todo muy claro. ¿Qué sucede? Los ratoncitos de campo hacen un banquete para chuparse los dedos. Con esos faroles es imposible acercarse sin ser visto. Sobre una rama, Clemente los observa. Respira tan fuerte que Jojo, un ratoncito valiente, lo escucha. ¡El pánico empieza a correr entre los ratoncitos! Pero Jojo tiene una idea...

—Te propongo un negocio: aquí tenemos mucho para comer. Si prometes no atacarnos, puedes cenar con nosotros. Rosy, que no les teme a las lechuzas, agrega:

—Además, somos tan numerosos como los banquetes, ¡todos los días hay alguno! Clemente piensa que la propuesta es tentadora. Acepta y con sus nuevos amigos, aprende finalmente a saborear algo que es ¡distinto de los amables ratoncitos!

16 ¿Por qué tú tienes rayas?

Luis es un leoncito que tiene dos rayas sobre la espalda.
—Entonces, dicen los animales que lo rodean, ¿tú no eres de aquí, verdad?
—¿Por qué?, dice Luis.
—Sólo las cebras y las panteras tienen rayas, pero los leones no.
Regresa corriendo a ver a su mamá y le pregunta:
—¡Mamá! ¿Estás segura de que soy un león?
—Pero ¡por supuesto, mi bebé!, responde mamá. ¡Igual que tu abuelita!
Ella también tenía dos rayas sobre la espalda, e hizo un pacto con las cebras.
"¡Amigas para toda la vida!"
—Bueno, pues, yo también quiero ser amigo de las cebras, pero espero que ellas también quieran...
—¡Lo mejor es que vayas a preguntarles!, dice mamá.

...

Luis y las zebras

Al día siguiente, Luis parte hacia el lago donde van a beber las cebras. Pero al acercarse al lago se escucha un terrible barullo de cebras. Una cebra pequeña avisa:

—¡Cuidado, vienen los leones!

Luis está muy triste. ¿Cómo puede explicarles a las cebras sus buenas intenciones? A lo mejor tiene una idea...

Se aproxima a ellas marchando hacia atrás. Un papá cebra observa:

—¡Miren! Se parece a nuestra querida amiga, la abuelita León.

Se acerca a Luis, que se voltea y dice:

—La abuelita León se fue muy lejos, pero yo quiero ser amigo de ustedes, igual que ella, "para toda la vida". ¿Quieres que lo hagamos?

Papá cebra convoca a su familia y les explica toda la historia. Cuando terminó de hablar, las pequeñas cebras, más tranquilas, llevan a Luis a jugar con ellas en la orilla del lago, ya que, ahora, son "amigos para toda la vida".

18 Miguita y el queso

Mili va a almorzar con Miguita y dijo que llevará ¡queso! ¡Queso! Miguita nunca comió queso. Tiene curiosidad por probarlo. Miguita compra en el mercado frutas del bosque deliciosas. ¡Seguro que harán una buena combinación con el queso! De repente, en la avenida, la multitud se dispersa. Miguita se pregunta qué es lo que pasa. Un olor extraño se siente en el mercado. Más abajo, al final de la calle, Miguita ve a Mili, muy avergonzada. Corre hacia ella tapándose la nariz. ¡El olor es insoportable!

—Mili, ¿qué te pasa?

—¡Es el calor!, dice Mili decepcionada. Mi queso se ¡fundió un poco, bastante...!

Saca el queso de la bolsa y las personas curiosas se acercan a la dos amigas. Miguita explica:

—Huele muy fuerte, pero al interior, ¡qué delicia!

Todos prueban el sabrosísimo aunque oloroso queso de Mili... y Miguita agrega:

—Finalmente, es tan rico ¡que uno se acostumbra a este olor!

Un humor de perros

Gruñón merece como nadie su nombre: ¡se enoja
por cualquier cosa! Con su cabeza de buldog,
todo el mundo lo evita. Pero para Sacha,
es una cuestión de vida o muerte...
¡Ella debe ir a buscar algunos medicamentos
para su bebé gato! Deja una nota frente
a la casa de Gruñón:

"¡Me fui a la ciudad! ¡Gracias por cuidar a Clara!"
Al leer la pequeña nota, Gruñón refunfuña, luego
se va a acostar. De repente, resuenan maullidos
desgarradores.
Gruñón se hace el sordo, pero Clara maúlla cada vez más fuerte. El buldog asoma el hocico
y ¡Clara le salta al cuello!
—¡Tuve una pesadilla! ¡Llévame a tu casa!
Gruñón no sabe qué hacer. Pero cuando Clara se pone mimosa, él cede.
Finalmente, Sacha regresa: "¡Clara! ¿Dónde estás?"
Corre a casa de Gruñón y ¿qué es lo que ve? ¡El perro dormido profundamente,
la gatita susurrando junto a él!
—¡Mami! ¡Gruñón es curiosamente amable!

20 ¡Papo quiere ser príncipe!

—¿¡Croaaac!? ¡Una rana me dio un besito y sigo sin convertirme en príncipe!, se lamenta Papo, el sapo.

—¿Que no te conviertes en qué?, grita Pipeta
cuando lo escucha gemir.

—¡En un príncipe! Ya sabes, ¡de esos que tienen corona!

—¿No estarás pensando en parecerte verdaderamente
a esas cosas de dos patas, verdad? Tienen la piel muy lisa.
En cambio, ¡tú tienes tanto encanto!, le dice Pipeta
guiñándole los ojos.

—¿Te parece?, responde Papo ensimismado.

—Además, una vez que seas príncipe, te verás obligado
a abrazar a una de esas princesas con voces extenuantes.

—Es cierto, dice Papo, es un poco desagradable,
pero al mismo tiempo, me hubiera encantado
tener una corona...

—¡Espera!, dice Pipeta sumergiéndose en el estanque.
Cuando sale a la superficie, le pone sobre la cabeza
una corona llena de perlas.

—¡Ya ves! Un día, un príncipe me besó y esto es lo que queda de ese momento. ¿Quieres ser mi príncipe?
¡Papo está tan feliz! En el dedo de Pipeta, coloca un anillo de caña.

21 La fiesta de la música

Igual que todos los años, Cintia la cigarra va a cantar en el concierto de la fiesta de la música. Parada frente a su espejo, se dispone a frotar sus delicadas alas para repetir su canto, pero...
—Diana, ¡es espantoso!, exclama, ¡mis alas ya no se mueven!
Inmediatamente, Diana vuela para ayudar a su hermana.
—¡No te preocupes, yo cantaré en tu lugar en el concierto!
Ya hiciste demasiado este último tiempo,
tus alas sólo están muy cansadas.
—¡Pero tú cantas fatalmente!, responde Cintia,
un poco nerviosa.
Cintia tenía razón: qué cacofonía en el concierto.
Diana bate sus alas demasiado rápido
y todos los grillos que la acompañan
no pueden seguirla.
—¡Queremos devolución del dinero! ¡Devolución!,
gritan los animales del bosque tapándose los oídos.
¡Esto es un fraude!
...

22 El dúo

Cintia se sube al estrado y anuncia:
—¡Silencio, por favor! ¡Escúchenme,
tengo una propuesta que hacerles!
Cuando Cintia se presenta,
¡todo el mundo se calla!
—¡Les prometo que daré clases de canto a mi
hermana y el año que viene cantaremos a dúo!
¡Y no los decepcionaremos!
Cuando Cintia promete algo, ¡lo cumple!
—¡Buena idea! ¡Genial!, exclama la multitud,
más tranquila. ¡Que viva el año que viene!
Y, al salir del concierto, todos aplauden y repiten:
—¡Diana! ¡Cintia! ¡Diana! ¡Cintia!
Al acostarse, Diana se queda pensando:
¡se ocupará de que su hermana se cure pronto
para que pueda comenzar rápidamente con sus clases
de canto! ¡Lalalá!

Clocló el camello

Clocló se acaba de mudar. Eso quiere decir que ¡conocerá a nuevos amigos! Pero cuando llega a la escuela, todos se le acercan sorprendidos.

—¿Por qué tienes dos jorobas? ¿Te lastimaste?

—Euh... no... en mi familia todos tienen dos jorobas.

Clocló quiere ser como sus amigos. Para lograrlo, golpea sobre su segunda joroba, ¡pero no hay manera de aplanarla! Al día siguiente, ¡Clocló llega a la clase con más jorobas que antes!

Hizo tanto ejercicio que se golpeó por todos lados.

—Es completamente normal que tengas dos jorobas en la espalda, lo tranquiliza su profesor.

¡Eres un camello y ¡no un dromedario como nosotros!

Y la verdad es que es muy práctico porque ¡puedes transportar un montón de cosas sin que se te caigan!

—¡Es genial!, exclaman entonces los amigos de Clocló. Puedes cargar nuestras carpetas, ¡son tan pesadas! Por supuesto que Clocló está de acuerdo... ¡Él es un camello muy fuerte!

24 # ¡Ten cuidado, Spido!

Spido no le hizo caso a su papá: arrastró a su amigo pulpo a la Gran Barrera Rocosa...

—¡Es genial!, exclama Spido frente a las rocas, altas como si fueran muros. Vamos a hacer escalada.

—¡No podemos!, dice Pulpy, ¡es peligroso! ¡Nos podemos caer!

—¡Claro que no!, lo tranquiliza Spido. Con nuestros ocho brazos-tentáculos llenos de ventosas es fácil, ¡mira!

¡Pones un tentáculo en ese agujero, otro aquí, otro allá, y listo! ¿Ves? Yo ya llegué hasta arriba.

Pulpy lo quiere imitar, pero ¡aaaay!, un brazo se le atasca en uno de los hoyitos de la roca.

—¡No lo puedo levantar!, se queja mientras tira muy fuerte con los otros brazos.

—¿Qué hacen aquí?, les pregunta de repente una voz gruesa. ¡Está prohibido!

Es la voz del papá de Spido. Y está muy enojado.

A Pulpy le liberaron el brazo, pero Spido no está muy contento, ¡su castigo será quedarse sin cangrejo para el postre!

25 El secreto de Gaviota

—¡Vuelas demasiado alto! ¡Demasiado bajo! Esto es lo que repiten los papás gaviota a sus hijos.
¡Gaviota ya está cansada! Lo que a ella le encanta es hacer piruetas en el cielo:
verdaderas volteretas, ¡como las de los aviones!
—¡Mírenme!, les dice a sus amigas
que chapotean en el agua.
—¡Wow! ¡A nosotras también nos gustaría
volar como tú!
Después de esas expresiones, Gaviota
aterriza cerca de sus amigas.
Tiene un secreto que contarles...
Algunos meses después, se organizó
un gran espectáculo. Todos los papás
gaviota se instalaron sobre las rocas,
y la voz chillona de Gaviota resonó
desde el cielo.
—¡Levanten muy altas sus cabezas y abran
muy grandes los ojos! Muy juntas, las pequeñas
gaviotas ¡dan unas volteretas maravillosas!
—¡Magnífico! ¡Excelente!, exclaman sus papás, muy orgullosos.
Desde ese día, todos los papás van a la escuela de Gaviota. Ellos también quieren tomar
lecciones de pilotaje.

26 ¡Buenas noches!

¡Pobre Dormilón! Todo el día lo tratan como si fuera
un holgazán, aunque es normal: ¡es su nombre de lémur!
Y obviamente, ¿qué hace un perezoso? Duerme todo
el tiempo, colgado de la rama de su árbol.
—¡Vengan! ¡Vamos a despertarlo!, susurra Pitú el pitón
a sus amigos los periquitos.
Y ¡hop! La serpiente se desliza de rama en rama,
luego se enrosca en Dormilón:
—Ya dormissste lo sssuficiente, ¿sssseguramente tienes
sssed, verdad?
Dormilón se mueve un poco pero luego se vuelve a dormir.
¡Les toca a los periquitos intentarlo! Le pasan una pluma
en las narices y otra bajo cada brazo.
Pero Dormilón duerme y duerme... Al final del día, ¡el pitón y los periquitos están agotados! Bostezan tanto
como para que sus mandíbulas se desprendan.
¿Adónde van a dormir? ¡Sobre la suave panza de Dormilón!

El buen pico de Picotí

En el bosque, Picotí siempre está desbordado
de trabajo. Eso es lo que le pasa a un buen
carpintero: ¡todos los animales le piden cosas!
Hoy, la que toca a su puerta es una ardilla:
—¡Picotí!, grita. ¡Necesito que vengas a mi casa
a abrir una ventana! ¡No veo nada de tan oscuro!
—¡Está bien! ¡Voy contigo!
Y Picotí no tiene que llevar ninguna herramienta:
¡el que hace todo el trabajo es su gran y fuerte
pico de pájaro carpintero!
¡Toc!, ¡toc!, ¡toc! Como si fuera un martillo,
Picotí golpea el tronco y hace un hoyo muy redondo.
—¿Es usted el que hace todo ese ruido?, le pregunta
de repente una voz muy dulce.
Picotí se detiene abruptamente. Frente a él, en el árbol vecino,
una elegante señorita pájara carpintera está en la ventana.
—¡Qué barbaridad! ¡Se lastimó!, le dice. Venga, le curaré el pico.
Picotí ya no se siente mal, pero nunca se volvió a ir de la casa de su dulce enfermera...

28 ¡A Bali le duele la espalda!

—¡Doctor Tenazas! ¡Rápido! Bali, la ballena, ¡se lastimó la espalda!
¡Pobre cangrejo! Es domingo y un banco de peces enloquecidos
lo despertó. Se encontraba tan a gusto
en el fondo de su roca...
Agarra su maletín y sigue a los peces.
—Pero, ¡esta ballena es alta como un edificio!,
exclama. ¡Me voy a cansar trepando
hasta su espalda!
—¡Súbase a mi aleta!, propone un pescado,
y yo lo acerco hasta arriba.
—Choqué contra el casco de un barco inmenso,
se queja la pobre Bali. ¡Me duele!
—¡No es nada!, anuncia el doctor. ¿Ves esa
alfombra de algas allá abajo? Tienen un líquido
que cicatriza casi todo. Frótate con ellas
la espalda, suavemente, dos veces por día.
Bali le hizo caso al doctor: ¡recuperó su bonita
piel en muy poco tiempo! Para agradecer
a todos sus amigos, organizó una gran fiesta
en ¡su enorme boca!

29 Coco el parlanchín

En la sabana, iningún cocodrilo rechazaría un partido de waterpolo! Y todos quieren tener a Coco en su equipo, porque iCoco es el mejor portero! Pero Coco tiene un gran defecto: es una verdadera máquina de palabras.

—iLancen el balón!, grita mientras se agita en el agua. Y ya está, iyo abro bien mis brazos y mi bocota!

—Por favor, icállate un poquito!, responden sus amigos. ¡Concéntrate!

—Pero, si yo estoy concentr... iuy!

Aunque Coco detuvo el balón para que no entrara en la portería, mientras hablaba se dio un golpe en la mandíbula.

—Si fueras menos parlanchín, iesto no te hubiera pasado!, bromean sus compañeros de equipo. No te muevas, te vamos a ayudar.

Coco no se esperaba esta sorpresa: sus amigos le quitaron el balón y ile ataron muy fuerte la punta del hocico! Coco ya no puede hablar, ipero sabe muy bien cuándo detener el balón con sus musculosos brazos!

30 ¡Gracias a los camarones!

¿Qué sucede esta mañana en la orilla del charco? Decenas de flamencos rosas están formados.

—iEl concurso va a dar inicio!, anuncia el árbitro periquito.

Repito las reglas: cuando dé la señal, se ponen todos en una sola pata y el que se quede bien parado irecibe el equivalente de su peso en camarones rosas!

—iYo soy el que ganará!, dice cada uno de los flamencos.

¡PIIIIP!

El árbitro dio el silbatazo: todos los flamencos están parados en una pata. Los minutos pasan cuando, de repente, se escucha....

—iAy!, me voy a cae...

¡PUM!

El primer flamenco se cae sobre el de al lado, que a su vez, se cae sobre el siguiente. Y itodos parecen fichas rosas de dominó al caer! Pero entonces, ¿quién ganará los camarones?

El árbitro piensa un poco y anuncia:

—Todos perdieron, pero tengo un montón de camarones rosas, así que imejor los comparten!

Ésa es la razón por la que los flamencos rosas tienen las ancas rosas... iGracias a los camarones!

1 El engaño de Pico

Pico y sus amigos se van a acampar, pero el director
del campamento tiene algo que decirles:
—Escuchen bien, mosquitos: queda expresamente
prohibido picar a los humanos. Están de vacaciones
y no tienen ganas de escuchar nuestros
zumbidos y menos aún de pasar la noche rascándose.
¿Entendido?
—¡Entendido!, dicen los mosquitos ajustándose
las mochilas sobre sus alas.
Pico no contestó nada. A él le gusta tanto la piel suave
y dulce de los niños...
—¡Sólo una vez!, suplica. Es tan rico...
—¡Cuidado, Pico!, le advierte el director,
¡cuando digo no, es no!
Pico suspira y batiendo las alas vuela hasta el campamento
junto con sus amigos.

...

2 La visita a las tiendas de campaña

Llega la noche... Justo cuando ¡los mosquitos están bien despiertos! Sobre todo cuando se trata de visitar
las tiendas de campaña de los niños que están durmiendo. ¡El director ya lo tenía previsto!
Para evitarles tentaciones, había organizado un gran paseo. Así, más tarde, entre los ronquidos
de los acampantes, se escucha:
—¡No podemos más!, gimen los mosquitos. ¡Queremos dormir!
Por fin, los mosquitos exhaustos se van a dormir a sus minúsculas tienditas
sin hacer el menor ruido... ¡Menos Pico!

—¡Sólo una vez!, se dice, moviéndose de una tienda
a otra. ¡Sólo una vez!
¡Pzzz, pzzz! Pico se afila la boquita y pica
a todos los niños del campamento. En un
brazo por aquí, en la mejilla por allá,
la punta de una nariz, una pantorrilla...
—¡Qué delicia!, se dice Pico listo
para acostarse con la pancita llena.
¡No le diré nada a los demás!
¡A nadie!

...

julio

3 La sorpresa

Al día siguiente, Pico no se puede despertar.
¡Él sí se divirtió!
—¡De pie, Pico!, le grita el director.
¡Nos vamos de paseo al campo!
Pico agita sus alitas con flojera y trata
de volar. ¡Pero resulta tan difícil
esta mañana!
De repente, al ver al mosquito
en dificultades, el director tiene una idea.
—¡Súbete a la báscula, Pico!
—Ay... balbucea el mosquito, apenado.
Le voy a explicar todo...
—¡Ya entendí!, dice el director, gruñendo. ¡Desobedeciste y es todo! Entonces, esta noche
tendrás una sorpresa.
Pico pasa un día espantoso. ¿Cuál podrá ser la sorpresa? Cuando llega la hora de acostarse, el director
se dirige hacia él, sin pronunciar una sola palabra, y le pone ¡una cinta adhesiva en la punta del pico!
—¡Buenas noches, Pico!, le dice, sonriendo.
Ni un solo pzzz resuena en el campamento, ¡sólo se escuchan los ronquidos de los acampantes!

4 La ronda de los cangrejitos

—¡Papá!, gritó Carlo desde el fondo de su roca. Esta mañana me duelen las patas.
—Ah, ah, le contesta su papá, riéndose. ¿Acaso no tienes tu clase de baile hoy?
—Sí, suspira el cangrejito. Pero papá, no quiero ir,
no logro caminar de costado como los demás.
Pero papá Cangrejo insiste y Carlo
se va refunfuñando a su clase. En el camino,
justo atrás de una anémona de mar, Carlo ve
a una señorita cangrejo frente a su espejo.
—¡Nunca lo lograré!, dice llorando, ¡siempre
camino derecha!
—¡Yo también!, contesta Carlo, acercándose.
¿Qué te parece si entrenamos juntos?
Carlo y Pincita llegan al final del curso de baile,
caminando, por supuesto, ¡de costado!
—¡Bravo!, dice el profesor. ¡Carlo, pon la música!
¡Ahora ya podemos todos juntos hacer
una bonita ronda!

5 El regalo de Fab

En camino rumbo a las vacaciones, Fab se para.

—¡Papá! ¡Mamá!, ¡mis patas son pequeñas,
ya estoy cansado!

—¡No te preocupes, hijito, un zorro es astuto
por naturaleza. El primer coche que pase,
y ¡zum!, nos subimos. ¡Prepárate!

Apenas papá Zorro termina su frase,
una camioneta amarilla viene hacia ellos.

—¡Cocoró cocoró!, gritan las gallinas asustadas,
desde el fondo de sus jaulas.

—¡Es increíble!, exclama papá Zorro, ¡justo dimos
con una camioneta llena de gallinas!

—¿Adónde van así?, pregunta Fab.

—¡Al mercado! Allá las venderán para que después la gente
las cocine.

¡Fab no está de acuerdo!

—¡Papá, me prometiste un regalo par las vacaciones!, ¡pues ya sé lo que quiero! ¡Vamos a abrir
todas las jaulas de las gallinas!

—¡Cocoró, cocoró!, repiten las gallinas, huyendo, ¡gracias y felices vacaciones a ustedes,
amables zorros!

6 El festín de los conejos

Leo tiene una gran sorpresa para sus hermanos
y hermanas conejos:

—¡Vengan a ver!, encontré una zanahoria gigante
cerca del río.

¡Una zanahoria gigante nos espera! ¡Hop, hop, hop!
Leo y su séquito de conejitos ya están al pie
de la gigantesca legumbre de color naranja.

—¡Qué cosa!, se sorprenden los conejitos.
¡Nunca acabaremos con esto!

¡Croc!, ¡croc!, mordisquean por todos lados.
Los conejos tienen los dientes hechos pedazos y la panza
redonda, pero ¡ya no queda ni rastro de la zanahoria!
Sólo un gran hoyo en la tierra.

De repente, aparece la cabecita de Rita.

—¡Oh, muchas gracias, muchas gracias!, repite la topita. Por fin tengo luz en mi casa, ¡esta zanahoria
gigante tapaba la entrada a mis túneles! Y mis pobres patas ya no pueden excavar.

¡Pobre Rita! Aunque los conejos tengan orejas grandes, ¡no oyen nada! Están dormidos,
con sus panzas bien llenas...

7 El escondite de la comida

—¡Hola, Salchichita! ¡Buen provecho, Salchichita!
Por la mañana, Salchichita nunca les responde a sus amigos. Tiene una cita demasiado importante...
Sigue su camino sin voltear. Salchichita es un perro sin casa ni dueño,
pero es un perro feliz, porque cada mañana, Pedro, el cocinero
del restaurante vecino, lo espera.
—¡Hmmm!, exclama Salchichita en el camino,
¡presiento que me va a tocar un hueso sabrosísimo hoy!
Desafortunadamente, cuando el perrito
de color marrón llega a la cocina, ni puerta abierta,
ni plato, ni el menor pedacito de carne. ¡NADA!
Salchichita espera, se duerme un poco frente
a la puerta. Nada. Ni cocinero, ni ricos olores.
Pasan las horas, Salchichita tiene hambre...
y una gran pena.

...

8 Salchichita tiene buenos amigos

—¿Entonces qué?, le preguntan sus amigos cuando lo ven pasar
de regreso. ¡Qué cara! ¿No estaba buena tu comida?
—¡Pedro ya no está ahí!, suspira Salchichita. El restaurante
está cerrado. Ya no tendré qué comer...
Salchichita se va con la cola entre las patas
y el estómago vacío...
¡Los perros del pueblo se pusieron de acuerdo
para hacer algo! Ellos tomaron una decisión
importante: cada día dejarán un poco de comida
en un lugar secreto, ¡sólo para Salchichita!
Así, cada mañana, ven al perrito de color marrón
que se dirige hacia el "escondite de la comida".
Hoy le dejaron huesos, verdaderos huesos...
¡Salchichita se tardó todo el día en comérselos!
Tal vez Salchichita no tiene dueño ni casa, pero sí tiene
muy buenos amigos.

9 Los ojos de Lilí

Cerca del estanque, Lilí y sus amigas vuelan despreocupadas. Sin embargo, un ruiseñor observa sus elegantes piruetas. Es Dorremí, ¡el único pájaro del lugar amigo de las libélulas!

—¡Ven a jugar a las escondidas con nosotras!, propone Lilí.

—De acuerdo, pero con la condición de que no se muevan, porque con sus alas transparentes, nunca puedo verlas.

Las libélulas aceptan la regla del juego y rápido aterrizan cada una sobre un tallito de hierba. Dorremí vuela al ras del pasto, al ras de las flores... ¡ni una libélula a la vista!

—¡Pfff!, suspira, ¡nunca gano en este juego!

Está a punto de abandonarlo cuando ve dos círculos extraños que salen de la hierba.

—¡Lilí, ya te vi!, grita feliz el pajarito. ¡Quizá tengas un cuerpo finito como una aguja, pero tus ojos son muy grandes!

—¡Y lo ven todo!, contesta la libélula. Ahora es tu turno de esconderte. Te doy un consejo: ¡escóndete bien!

10 ¡Es para reírse!

Esta mañana Elena tomó una gran decisión: ya no quiere quedarse triste en su casa.

—¡Voy a ir a saludar a mis vecinas, se dice la hiena avanzando por la sabana, yo también quiero reír como todo el mundo!

Dicho y hecho. Elena cuenta sus penas.

—¿Cómo hacen para estar siempre riéndose?

—¡Ji! ¡Ji! Nos reímos porque la vida es bella, Elena. Un ejemplo: las leonas cazan para nosotras y cuando ya no tienen hambre, nos llaman para que comamos lo que sobra de su comida. ¿Estupendo, no? De repente, un rugido retiembla en las altas hierbas:

—¡Ji! ¡Ji!, se burla una hiena. ¡Simona acaba de mandarnos una señal! ¡A comer, chicas! ¿Nos acompañas, Elena?

—¡Por supuesto!, contesta la hiena, sonriendo. ¡Tengo hambre y un montón de chistes que contarles!

¡Eso es lo que le faltaba a Elena: buenas amigas!

11 ¡Luz!

En la bóveda celeste, todo el mundo sabe
que Mel es la estrella más torpe que jamás
se haya visto. Una noche, al dar una maroma
para divertir a sus amigas, se suelta y ¡pluf!,
se cae al océano.

¡Qué horror! Está tan oscuro en el fondo
del agua... Mel le tiene miedo a la oscuridad,
entonces brilla y brilla sin parar, de la noche
a la mañana, sin tomar un minuto de descanso.
Algunos días después, Mel está agotada.
Sabrina, la sardina, decide ayudarla:

—¡Mis amigos, los calamares, son tan amables!,
le dice a la estrella. ¡Estoy segura que encontrarán
una solución!

Los calamares son tan blancos que en la oscuridad se vuelven fluorescentes. Muy contentos, cada día
hacen una ronda alrededor de Mel y brillan tanto como les es posible. Mel es feliz: por fin puede
descansar de día y sólo brilla en la noche... como antes, cuando estaba en el cielo.

12 Una ratita muy astuta

Tita la ratita sólo sale de noche, ¡pero, qué carrera
hasta el amanecer! Los zorritos del desierto están
hambrientos y ¡es la única ratita comestible
a cien leguas a la redonda!

—¡Estoy cansada de correr toda la noche!
¿Es que nunca se van a cansar estos zorros
del desierto? Ya no voy a correr más, me voy
a ir rodando, ¡al fin que no son muy listos! Tita
saca la cabeza de su madriguera: ¡allí están
todos los depredadores que la esperan
con la boca abierta!

—Con tanto que me hacen correr, ¡estoy
muy flaca! Tráiganme comida y déjenla
en la puerta de mi casa. ¡En menos de una semana
estaré bien gordita y apetitosa!

—¡Buena idea!, dicen los zorros del desierto.

Escondida en su madriguera, ¡Tita devora como nunca! Al terminar la semana, los zorros la llaman.
¡Pero Tita ya se fue! Como le entregaron su comida a domicilio, ¡Tita tuvo todo el tiempo del mundo
para construir un gigantesco túnel y huir!

Como un caballito... de mar

El viejo barco es un extraño lugar, y a Hipy,
el hipocampo, le encanta dormir la siesta allí.

Un buen día, mientras descansa, un pulpo enorme
y oscuro se le acerca despacito.

—¡No tengas miedo!, dice el pulpo con una voz
fuerte. ¡Escúchame! Mis poderes mágicos
son inmensos y, sólo por un día, puedo hacer
que tus sueños se hagan realidad.

—¡Bue..., bueno, está bien, señor pulpo!,
contesta Hipy, temblando.

De repente, Hipy se encuentra atrapado
en un borbotón de luces y aterriza en un terreno
inmenso, en medio de verdaderos caballos.

¡Son los mismos que los de la proa del viejo barco
con los que tanto soñó!

Hipy se mira sorprendido... De repente se da cuenta de que ¡él también
es un magnífico caballo de carrera! ¡Por fin su sueño se hizo realidad!

...

La carrera

¡Increíble! Hoy es justamente el día
del concurso hípico donde Hipy siempre
quiso participar. Pero hoy, ya no es un
sueño, ¡Hipy participará en el concurso!
Se siente con mucha energía y tiembla
de felicidad en la línea de salida.

—¡En sus marcas! ¡Listos! ¡Fuera!
Hipy va en último lugar, pero casi
al final, se esfuerza, corre a toda
prisa y... ¡gana la carrera!

La multitud, enloquecida, lo aclama
y le otorga la medalla de oro.

De repente todo a su alrededor
empieza a girar.

¡Hop! Está nuevamente en el viejo casco del barco.

El extraño pulpo desapareció y, por supuesto, sus amigos no creen nada de lo que les cuenta.

—Estuviste soñando, Hipy, ¡duermes demasiado!, se burlan.

Pero, aunque el pulpo no lo transformó de manera definitiva, al menos le dio la fuerza de un caballo
de carrera y, desde ese día, ¡Hipy gana todos los campeonatos hípicos del mar!

15 El marabú

Lea, la pantera negra más famosa de la selva, empieza a envejecer. Hace unos días, seis pelitos blancos aparecieron en su bello pelaje negro.

Conocida como la más majestuosa de todas las panteras negras, Lea está muy preocupada. Decide ir a ver al marabú.

—Para recuperar tu bello pelaje liso, dice el marabú, tendrás que dormir dos noches debajo de un ébano, y después bañarte en el gran lago durante una noche de luna nueva.

Lea sigue al pie de la letra las instrucciones del marabú y, agotada pero confiada, se duerme. Después se va a bañar al gran lago. Ahí ve en su reflejo que el marabú le dijo la verdad: sus pelos son uniformemente blancos, como la nieve, como la leche. Sin duda, Lea sigue siendo la pantera más famosa de la selva.

16 En el desierto

Eureka, el escorpión del Sahara, se cree superior a todos los demás. Ellos están hartos de soportar esta manía que tiene de pensar que lo sabe todo, absolutamente todo. Por eso, Eureka tiene pocos amigos. De todos modos, los demás no le interesan: prefiere la compañía de los hombres, ya que él cree que entiende su modo de hablar. Sin embargo, en el gran desierto hay pocos hombres y cuando ven pasar a Eureka lo ignoran. Pero una noche, un hombre se le acerca y, con un gesto vivo y seguro, lo atrapa con una pinza y lo arroja dentro de una caja oscura. Algunos días después, Eureka está en un gran frasco transparente, se ha convertido en la atracción del zoológico. Ahora vivirá entre los hombres, recordando con nostalgia la época en que vivía feliz en medio del desierto.

17 La loba

Rom y Rem, dos jóvenes lobitos, quieren probarle a su madre
que ya son grandes. La loba siempre teme que se puedan
lastimar o bien que tengan un encuentro indeseable.
Una mañana, secretamente, Rom y Rem deciden
ir solos de cacería. Ese día, la nieve cubre
toda la montaña, y el viento sopla con fuerza,
pero nada podrá detenerlos. Sin embargo, un zorro
los ha visto salir de la madriguera de mamá.
—"¡Encontré un excelente desayuno!",
se dice el zorro.
Pero, ¡más fuerte que la astucia de un zorro es el instinto
de una loba! Sintiendo el peligro, la loba se despierta
sobresaltada, sale de la madriguera y cae sobre
el zorro. Los lobitos, advertidos por el ruido, regresan
de inmediato. Al ver a su madre atacar al zorro, aúllan
con fuerza, sorprendidos... ¡Aúuuuuu! Es un largo aullido
de lobo verdadero el que sale de sus gargantas. ¡Rom y Rem ya son lobos de verdad!

18 Los lentes de Willy

Willy, el canguro, necesita lentes. Se dio cuenta el día en que, jugando con su amiga Wina, se golpeó contra
una rama al saltar violentamente. Pero a Willy le da vergüenza hacer el ridículo: ¿acaso alguien vio antes
un cangurito con anteojos? Ya se imagina a sus amiguitos burlándose de él:

—¡Wiiillyyyyy, el cangurito miope, el cangurito miope, la, la, láaa!

Su mamá insiste:

—Es peligroso andar sin lentes cuando uno no ve.
¿Y si, la próxima vez, Willy fuera sorprendido
por un cocodrilo que no vio? A Wina se le ha
ocurrido una idea: sobre la nariz se puso
un magnífico par de anteojos de sol,
de ese modo ¡Willy no será el único
cangurito con lentes! Los dos amigos,
con los lentes sobre la nariz, presumen
y se van jugueteando por el gran desierto
de Australia. Incluso se dice que ven
mejor y más lejos que todos los demás
canguros de aquel lugar...

19 Flo, el caballo salvaje

A Flo, el caballo salvaje, le gusta la soledad.
Cuando los demás caballos galopan
en la pradera, él sueña entre los juncos,
con el viento acariciando sus crines.
Cuando los demás organizan un rodeo,
se duerme a la sombra de un árbol. El tropel
ya no lo aguanta.

—¡Siempre te vas por tu lado!, le reprochan.
Entonces, Flo decide sorprenderlos. Llama
a todos sus amigos del pantano: las luciérnagas
serán los faroles; los grillos y las ranas, los músicos;
las mariposas se encargarán de la decoración; y las garzas
recibirán a los invitados con sus trajes tan elegantes, grises
y blancos. Cuando regresa la caballada, el pantano está en silencio...

Luego, a la primera señal de Flo, los faroles se iluminan y ¡bum! ¡bam! ¡bim!, la música redobla.
¡La fiesta dura hasta el amanecer!
Tal vez Flo sea un poco salvaje, pero cuando se trata de organizar una fiesta, ¡él sí sabe cómo hacerlo!

20 ¡Basta ya!

—¡Hic!... ¡basta, hic!... ¡basta de
comportarse como payasos!, grita
Rafael, el chimpancé. Me da tanta risa
tener ¡hi-po!...
¡Es insoportable! Sus hermanitos
hacen muecas y revuelo todo el día.
Aun a la hora de la siesta, los diablillos
no le dejan un minuto de paz.
Rafael no puede dejar de reír,
de la mañana hasta la noche.
—"¡Voy a asustarlos!", se dice, "¡así dejarán
de hacerse los graciosos!"
A medianoche, se escuchan ruidos extraños...
Los monitos se despiertan bruscamente: frente a ellos se
levanta una sombra terrorífica, tan espantosa que quedan sin aliento, la boca abierta,
los ojos desorbitados y el pelo todo erizado.
—¿Por qué ponen esas caras?, grita el "monstruo" Rafael, riéndose.
Así, otra vez Rafael está riéndose sin parar, y ¡otra vez tiene hipo!

21 El monstruo del estanque

Ranita decide llevar a sus renacuajos queridos de paseo.
—¡Síganme y no les pasará nada malo!
Los cinco renacuajos de Ranita, la rana, están felices
de descubrir el estanque. ¡Todos menos Adolfo!
El otro día, vio pasar un monstruo y ahora ya no
quiere salir de casa. Mamá le propone ir justo
detrás de él. La familia empieza su paseo, pero,
por supuesto, ¡el gran pez merodea por ahí!
—¡Es el monstruo!, grita Adolfo.
—¡Síganme!, dice Ranita un poco distraída,
brincando encima de una hoja de lirio.
Al caer sobre la hoja despierta a Pipo,
que la regaña:
—¿En qué estás pensando, Ranita?, ¡tus renacuajos
aún no tienen patas y el gran pez se los va a comer!
—¡Socorro!, grita la rana. ¡Mis hijitos!

...

22 El rescate

¡Ranita regresa inmediatamente al agua! Los chiquitos no están y el monstruo anda dando vueltas
con la mirada turbia entre las aguas del estanque. Ranita piensa rápido. Llama a Pipo,
quien se preparaba a continuar su siesta encima
de su hoja de lirio. Le expone su plan.
—¡Vamos! ¡Una, dos, tres!, grita.
Y, más veloces que la luz, las dos ranas brincan
con toda su fuerza encima del gran pez,
lo que le provoca un terrible eructo
que le obliga a escupir los renacuajos.
—¡Mis amores, regresemos a casa!,
dice Ranita. Tengo que enseñarles
a brincar, ahora mismo. Pipo, ¿podrías
ayudarnos? Necesitamos un maestro.
—¿Y el monstruo?, pregunta Adolfo,
todavía temblando de miedo.
—El monstruo, responden Pipo y Ranita,
ya no quiere comer más renacuajos.
¡No soporta tener hipo!

23 Luis, el cocodrilo

A Luis le duelen mucho los dientes. Tatí, preocupada,
llama al doctor Pluvián, que llega volando.

—¿Qué es lo que te pasa, Luis?

—¡Doctor, me duelen mucho los dientes!

—¡A ver de qué se trata!, contesta el doctor
Pluvián. ¡Mantén tu boca bien abierta!
¿Me lo prometes?

—¡Por supuesto!, responde Luis.

Abre grande sus quijadas. El doctor Pluvián,
un poco temeroso, entra. Luis, distraído,
cierra su enorme boca. Tatí le da un picotazo
en la nariz y el cocodrilo abre la boca inmediatamente.
El doctor Pluvián sale todo despeinado y muy molesto:

—¡Estate quieto, Luis, si no, me voy sin curarte!

Tatí coloca una rama atravesada entre las quijadas de Luis
para mantenerlas abiertas; el doctor Pluvián se apresura para terminar el trabajo y sale rápidamente
con la gran espina que estaba atorada entre los dientes de Luis.

—¡Miren, ya no me duele!, dice Luis. ¡Muchas gracias, doctor Pluvián!

Escondidillas a la orilla del lago 24

Sofía está invitada a jugar con Hipólito cerca del lago. Cuando llega
Sofía, nadie la espera. Lo llama:

—¡Hipo!

Pero nadie contesta... Muy decepcionada, la pequeña jirafa
regresa, cuando escucha:

—¡Glup, Glup, Sofíiia!

Sofía mira de nuevo el lago. ¡No hay nadie! Sin embargo,
fijándose mejor, ve sobre la superficie dos grandes
ojos traviesos.

Sofía entiende lo que está pasando. ¡Hipólito le está haciendo
una broma! Entonces, se pone a beber entre
sus largas patas como si no hubiese visto nada. ¿Qué hará
Hipólito? Se hunde de nuevo en el agua para alcanzar a Sofía,
que apenas tiene tiempo para esconderse detrás de un arbusto. Cuando Hipólito sale del lago,
busca a la jirafita por todas partes. De repente, un ruidito se escucha detrás de él.

—¡Pss, pss! ¡Hipo!

Hipólito se carcajea.

—¡Bueno, ahora vamos a jugar de verdad!, dice Sofía, saliendo de su escondite.

25 Una clase muy agitada

¡En la escuela de los pericos, se escucha una verdadera cacofonía! Todos hablan al mismo tiempo; a Rogelio, el maestro, le es difícil dar la clase.

—¡A callar!, dice.

—¡A callar! ¡A callar!... ¡Callarse!... ¡Callar!, repiten sin parar los alumnos.

—¿Me van a escuchar?, pregunta el maestro, muy molesto.

—¡Escuchar, escuchar, cuchar, char!, continúan los pericos. La clase se terminó, y Rogelio se pasa toda la noche pensando. Al día siguiente, llega a la escuela con una caja de tapones para los oídos.

—¡Pónganselos en los oídos y, cuando los señale, se los quitan para contestar mis preguntas! ¡Cada quien a su turno!

La técnica del maestro Rogelio funciona de maravilla. Al día siguiente, faltan dos periquitos. El maestro Rogelio pide una explicación.

—¡A ellos no les gusta la escuela!, contestan los alumnos, ¡pero les fascinan sus tapaorejas, por lo que acaban de abrir una tienda de tapaorejas para todas las escuelas de pericos!

26 Coralina tiene vértigo

—¡A la cama todos!, dice Sofía a sus chiquitos.
Para la familia murciélago, ir a la cama significa colgarse de una viga grande, de cabeza y envolverse con sus alas.
¡Pero Coralina no puede!
—¡Tengo vértigo!, dice, ¡no puedo dormir así!
—¡Mira!, le dice su hermano Adrián, ¡te cuelgas, te tapas así y listo!
—¡Tal vez sea muy fácil, pero a mí me da vértigo!, repite Coralina.
—¡Tratemos con la viga que está más cerca del suelo!, dice mamá. ¡Así nos podremos colgar y podrás dormir parada si lo deseas! ¡Se acabó el vértigo!
Todos se cuelgan de la viga baja. Coralina se envuelve con sus alas, pero apoyando sus pies en el suelo.
Cuando despiertan, mamá grita:
—¿Dónde está Coralina?
—¡Allá arriba!, grita Adrián.
—¡Buenos días!, dice Coralina. Soñé que un angelito murciélago me llevaba hasta la viga más alta y ¡ni siquiera me daba vértigo!

27 A Sí le gusta No

Sí es un pequeño mono tití y, como bien indica su nombre, siempre dice sí a todo. A tal punto que sus amigos no le tienen mucha confianza. Porque la verdad es que Sí dice "sí", pero no siempre hace lo que dice que va a hacer.

Su mamá le pregunta:

—¿Ya te bañaste?

—¡Sí, mamá!, contesta Sí.

—Entonces, ¿por qué estás tan sucio?, le pregunta su mamá.

—¡Porque no tengo jabón!, responde simplemente Sí.

—¡Sí! ¡Me voy a enojar!, dice papá, que escuchó todo.

—¡Sí, papá!, responde Sí, disparado como un cohete hacia el jardín.

—Este cuento de locos no hubiera acabado nunca... Pero un día, Sí conoció a No, una pequeña tití que le gustó mucho.

¿Y qué pasó entonces? Sí aprendió a decir "no", y el no le gustó tanto que ahora lo dice a menudo y cuando es necesario. Entre Sí y No, ¡no hay mentiras!

28 Un amigo para Mimí

En la cocina, Mimí se aburre. Sale por una puertita.

—¡Soy libre!, se dice la gatita.

Y ¡hop! Salta y llega al jardín.

—¡Cuántas flores!, dice Mimí, lista para probarlas.

—¿Quién eres tú?, pregunta un gato.

—¡Me llamo Mimí, es la primera vez que salgo de casa!

—¡Yo soy Alí, bienvenida al jardín!

Mimí se revuelca entre las flores, Alí piensa que es muy divertida.

—¡Jamás había hecho esto!, dice Alí.

Desde le cocina se escucha una voz que dice:

—¡Mimí, ven a cenar!

Alí se queda triste.

—¡Regreso enseguida!, promete Mimí.

Se come su pescado asado a los apurones y guarda un pedacito para Alí. ¡Y vámonos! Sin hacer el menor ruido, vuelve a atravesar la puertita. Alí la está esperando con un ramo de flores...

"¡Este Alí no está nada mal!", se dice Mimí, "¡bien podría ser mi amigo!"

"¡Mimí es muy linda!", se dice Alí. "Si ella quiere, ¡voy a ser su amigo!"

Florita se rebela

¡Florita está hasta el copete! Cada vez que pone un huevo, la señora de la granja lo recoge.

—¡Es muy normal!, le explica Paula. Somos gallinas ponedoras. Nuestros huevos sirven para alimentar a los niños.

—¿Y nosotras qué? ¡También queremos tener niños!, dice Florita.

—¡Tienes toda la razón, Florita!, pero para eso ¡te tienes que casar!

—¡Ningún gallo de este corral me gusta como esposo!, declara Florita. ¡Tengo que irme! ¡Hasta pronto, Paula, volveré!

Florita sigue el camino que la lleva a la granja vecina. Se siente libre como el viento. Picotea un grano por aquí, un grano por allá, para tomar fuerzas.

• • •

30 Un encuentro maravilloso

De repente, Florita siente una presencia en los arbustos.

—¡Ya te vi!, garduña fea, ¡tú eres la que se come nuestros huevos durante la noche! ¡Vete de aquí, porque de lo contrario te las vas a ver conmigo!, grita furiosa.

—¡No me das miedo!, dice la comadreja. ¿Cómo quieres que me alimente?

Florita no tiene tiempo para contestar.

—¿Qué pasa aquí?, dice un apuesto gallo que acaba de llegar de la granja vecina.

La comadreja, aterrorizada, huye antes de que el gallo la vea. Florita, deslumbrada, tartamudea:

—Yo, yo, yo...

—¡Buenos días, hermosa gallinita! ¿En qué te puedo ayudar? Me dicen Supergallo.

Florita se sonroja.

—¿Te acompaño hasta tu casa?

Con un gusto enorme, toma a Supergallo del ala. La pareja hace una entrada triunfal en el patio de la granja.

Paula no puede creer lo que ven sus ojos:

—¡Te ganaste el gordo, Florita!, le grita.

—Y además, dice Florita, ¡mañana nos vamos a casar!

• • •

Un ruido curioso

La boda es todo un éxito. Los habitantes de la granja les regalan a Florita y a Supergallo un nido nuevo. ¡La granjera nunca más le recogerá sus huevos! ¡Es una promesa!

Por la mañana, Supergallo despierta a todo el corral con un poderoso "quiquiriquí".

Un buen día, los huevitos de Florita empiezan a hacer un ruido curioso... Florita se levanta preocupada y corre a ver a Paula:

—¿Qué es lo que pasa? Mis huevos hacen ¡TOC! ¡TOC!

—Florita, ¡regresa rápidamente a tu nido, vas a ser mamá!

Florita corre hacia su nido y descubre cuatro adorables pollitos amarillos.

—¡Qué lindos!, dice Paula. ¿Cómo los vas a llamar?

—¡Do! ¡Re! ¡Mi! ¡Fa!, contesta Florita, muy orgullosa.

Pero el más orgulloso es Supergallo, cuando ve pasear a su familia por la granja.

1 Clipo, buscador de petróleo

¡A Clipo, el cisnecito, le encanta echarse clavados!
Cuando mamá saca a pasear a su familia, Clipo
es el último de la fila y cada vez que puede
se echa un clavado y va hasta el fondo del lago.
Esta vez, baja como un cohete y sale con el pico
negro y un sabor desagradable en la boca.
—¡Mamá!, dice su hermana, ¡Clipo tiene el pico
todo negro!
Efectivamente, Clipo tiene el pico todo negro.
Mamá se para y lo mira:
—¡Clipo, qué horror! ¿Qué has hecho en el fondo del lago?
—¡Creo que nadé un poco fuerte y cavé un gran hoyo!, contesta el cisnecito haciendo muecas.
En cualquier caso, el fondo del agua está espantoso y sabe horrible.

· · ·

2

Clipo escupe todo lo que puede. Por fin llega al nido y se va a acostar sin cenar. Inmediatamente,
un olor extraño llena el nido. ¡La noche es corta! Mamá cisne corre a la farmacia para que analicen
este lodo que huele tan feo.
El farmacéutico regresa pronto diciendo:
—¡Encontraron petróleo!
—¿Qué cosa?, pregunta la mamá cisne, que nunca había oído hablar de eso.
—¡El petróleo es un producto muy buscado que se vende caro!, explica el farmacéutico,
¡también se le dice oro negro!
—Entonces, ¡somos ricos!, grita mamá cisne.
Regresa rápidamente al lago: "Niños, escuchen, ¡Clipo encontró un yacimiento de petróleo!"
¡Clipo brinca de alegría! El mal sabor en la boca desapareció por completo, pero de repente
se pone serio y le pregunta a su mamá:
—Entonces, ¿vamos a tener que mudarnos a otro lago?
Toda la familia está muy preocupada, porque es cierto
que no se puede vivir en un lago de petróleo.

· · ·

Agosto

3 Mamá cisne se queda pensando un buen rato:
—¡Espérenme, regreso enseguida!
        Los cisnecitos graznan y dan vueltas
en el charco de agua aún clara.
De repente, escuchan a lo lejos un ruido
de máquinas que están excavando...
—¡Están pasando cosas extrañas!,
dice Clipo, intrigado. ¡Vamos a ver!
—¡Mamá dijo "esperen"!, dice la hermanita.
—¡Pues, yo voy a ver!, contesta Clipo
lleno de curiosidad.
Los cisnecitos pasan a través
de las hojas y descubren un gran lago de agua
clara y a mamá cisne dando órdenes.
Corren hacia ella para entender lo que está pasando.
—¿Qué creen, hijitos?, cuenta mamá cisne, gracias a Clipo somos muy ricos. Por esta razón,
encargué que construyeran un gran lago de agua clara con bonitas plantas y un montón de ranas.
—¡Viva mamá! ¡Viva Clipo!, gritan todos los cisnes, echándose al agua de su lujoso lago.

4 Enriqueta la coqueta

Para estar más tranquilos, los hipopótamos salen de noche para cenar en la sabana.
Cuando llega la noche, Hipólito no sabe cómo hacer para despertar a Enriqueta.
—¡Enriqueta, ya es hora! ¡Levántate o no tendrás nada que comer!

Enriqueta bosteza intensamente y, antes de cerrar la boca,
pronuncia un sonido que parece un "siím". ¡Pero no se mueve para nada!
—¿Qué hago?, se pregunta Hipólito, desanimado.
Enriqueta es muy floja pero también muy coqueta.
Entonces, Hipólito decide hablarle de otra forma.
—Quiero contarte que el otro día me encontré
con Hipo Paulo...
Enriqueta abre un ojo.
—Me habló de ti...
Enriqueta abre el otro ojo.
—¡Dice que adelgazaste muchísimo!
Pensó que estabas enferma.
Enriqueta está perfectamente despierta,
porque para los hipopótamos, para ser bonita
hay que ser redonda, y Enriqueta tendrá que comer mucho
para recuperar su figura y gustarle a Hipo Paulo...

5 ¡Haz un pequeño esfuerzo, Rabí!

Rabí, la lechuza bonita, se posó sobre una viga del granero, impaciente.
—¡Quiero ir a jugar del otro lado con los demás!
—¡Cuando aprendas a volar!, contesta mamá.
—Y ¿cuándo va a pasar eso?
Mamá no contesta porque papá acaba de regresar de cacería.
Rabí aprovecha la ocasión:
—Papá, ¿cuándo me vas a llevar de cacería contigo?
—¡Cuando aprendas a volar!, responde papá.
—Pero, ¿cuándo, cuándo?, se desespera Rabí.
Pegando con su patita sobre el borde de la viga, Rabí resbala y se cae.
Aterriza sobre las pompis, encima de un enorme montón de paja. ¡Uf!,
dice, más por miedo que por dolor. Papá la alcanza y le explica:
—¡Si abrieras tus alas podrías aterrizar donde quisieras y cuando quieras!
Esta noticia es una novedad para Rabí. Se trepa al borde del enorme montón de paja y abre
sus grandes alas de lechuza bonita... ¡Qué fácil! Rabí ¡puede volar como los grandes!

6 Scott, el más astuto de las conchas cuchillo

En la playa, cuando hay marea baja, los pescadores echan sal
en los hoyitos de la arena para que salgan las conchas cuchillo.
A estos largos mariscos les encanta la sal. Es por eso
que Scott ha visto desaparecer a muchos amigos.
Una pizquita de sal y ¡hop! Estos golosos salen
de sus hoyos. Para los pescadores es muy fácil
recogerlos de este modo.
A Scott lo que le interesa no es la sal, sino el agua.
Mientras el aire sopla en su hoyo en la arena,
se hunde más y más profundo. Tan profundo
que un buen día se encuentra en el fondo del hoyo
a una linda señorita cuchillo color de rosa nacarado.
Scott le cuenta cómo es la vida en la superficie,
y la señorita Rosa sigue sus consejos.
Los hijitos de Scott y de Rosa saben desde
que nacen lo que pasa arriba en la playa con la sal
de los pescadores. Es por eso que todavía se encuentran,
escondidas en la arena, conchas cuchillo aun después
del paso de los pescadores.

7 ¡Manos a la obra, Kim!

Kim, el elefante, quiere ganar un poco de dinero durante las vacaciones.
Decide ofrecerle sus servicios a Sofía, la jirafa.
—¡Está bien!, dice la jirafa. Kim, ¿puedes pasar la aspiradora?
Para Kim, con su trompa, ese trabajo es muy rápido.
—Aquí tienes una moneda como pago por tu trabajo.
¡Muchas gracias, Kim!
Kim va a casa de Enriqueta, la hipopótamo.
—¡Oye, Kim! ¿Me puedes lavar el piso?
—¡Por supuesto!, responde el elefante.
Va a buscar agua y limpia la cocina de Enriqueta.
—¡Muchas gracias, Kim! ¡Aquí tienes una moneda por tu servicio!
Kim decide regresar a su casa, pero al pasar frente a la casa
de su abuelita, escucha:
—Kim, ¿podrías abanicarme las orejas? ¡Hace tanto calor!
—¡Por supuesto, abuelita!, pero ya terminé mi jornada de trabajo, así que tendré que pedirte
que en lugar de una, ¡me des dos monedas!
—Pero, ¿qué vas a hacer con tanto dinero?, pregunta la abuela muy intrigada.
—¡Una asociación para la defensa de los elefantes!
—¡Fantástico!, dice la abuelita. Entonces, te doy tres monedas.

8 Ana, ¡la anémona curiosa!

Ana se deja mecer tranquilamente por las olas agarrada de un alga, igual que sus hermanas.
—¡Ser una anémona de mar es un buen oficio!, dice su hermana.
—A mí me daría miedo correr por los océanos como los peces,
dice la otra hermana.
—¡A mí me gustaría viajar! ¿Pero, cómo?, dice Ana.
Un gran pez sierra que pasa por allí escucha
y ofrece su ayuda:
—¡Corto el alga que te retiene y serás libre!
—¡Muchas gracias, señor!, dice Ana, subiendo
a la superficie del mar para ver el sol.
Ana, deslumbrada por la luz, no ve absolutamente
nada pero está encantada.
—¡Por fin veo el mundo!, se parece al fondo del mar,
pero es más brillante.
En realidad, no tan brillante, pues unas nubes negras
pasan por el horizonte y Ana no tiene la menor idea
de lo que son...

9 ¡Gracias, Harry!

Las nubes pasan encima de la anémona viajera; una gruesa gota de agua le recuerda que tiene sed.

De repente el mar se agita, el viento sopla más fuerte y Ana, mareada por las olas, siente que el agua le da una bofetada. Ya no puede nadar como quiere. El mar decide por ella.

—¡Hubiera escuchado los consejos de mi hermana!, se dice Ana. Esa miedosa debe estar muy tranquila.

De repente, Ana siente que se la tragan y se encuentra en plena oscuridad.

Ya no hay ni ruidos, ni tormenta... ¿Qué está pasando?

De pronto, se encuentra frente a su hermana,
muy contenta de verla otra vez.

—¡Le pedí a Harry, el pez payaso, que te busque
en la tormenta! ¡Le puedes dar las gracias!
Ana se siente un poco avergonzada,
pero muy feliz de haber conocido el mundo.
Para agradecer a Harry, le ofrece acompañarlo
durante la gran noche de gala del mar.
Ana será la hermosa flor que adorne su solapa.

10 Comadrita cambia de dieta

De todas las comadrejas, Comadrita es la mejor para cazar ratones. Está tan probado que los pequeños roedores se organizaron para evitarla y, ahora, Comadrita ya no tiene qué comer.

—¡Me duela la panza!, le dice hambrienta al doctor Ardilla.

—Tienes que tomar dos avellanas en la mañana y un puñado de zarzamoras en la tarde.

Comadrita sale del consultorio un poco desanimada y va a buscar los ingredientes de su terrible dieta.

Prueba una avellana:

—¡Hmmm!, ¡no está tan mal! Voy a comer otra.
Estoy segura de que serán buenas para mi salud, dice.
Saborea unas zarzamoras:

—¡Qué rico! ¡Dos puñados son mejores que uno!
Concentrada en su descubrimiento,
no ve que un ratoncito la está observando.

—¡Señora Comadrita, es muy fácil encontrar
zarzamoras, si quiere puedo ayudarla!
Comadrita duda un instante en lanzarse
sobre el pobre animalito, pero... no lo hace.
La comadreja ya no quiere comer carne.
¡Finalmente, las frutas son deliciosas!

La, La, La, La, La, La, La, La, La

¡Por fin llegó la hora de gloria de Cigui, la cigarra!

Durante todo el verano, Cigui dirigirá el coro de las cigarras.

Cada año, desde todos los olivares de la región, el público acude al concierto.

Desafortunadamente, durante un ensayo, Cigui escucha una nota falsa entre las cantantes.

—¡Señoritas, por favor, canten una por una!

Después de haber escuchado con atención a todas las cigarras, todavía queda alguien: un grillo.

—¿Qué hace usted en este coro?, le dice Cigui al intruso con voz de reproche.

—Lo que pasa, contesta el pobre, es que me gusta tanto la música...

¡A mí también me gustaría... cantar!

Cigui se pone a pensar y dice:

—Bueno, ¿por qué en lugar de tratar de imitar la voz aguda de sus primas las cigarras
no canta con su voz grave? ¡Vaya a tomar su lugar!

Gastón se sonroja de felicidad, rápido ajusta su moño y calienta su voz...

¡La, la, la, lá! ¡El gran concierto comienza... con Gastón, el barítono!

El león holgazán

En la selva, las leonas se encargan de cazar
y del cuidado de los leoncitos. El león, único jefe
de la tribu, cuida a las hembras y las crías
y protege el territorio. Pero el león Arturo
descansa todo el día.
No hay ningún peligro a la vista, es cierto,
pero no es una razón para no hacer nada...
—¡Nunca se sabe!, dice Lea, la más vieja
de las leonas. ¡Más vale prevenir que lamentar!
—Bueno, pero la mejor manera de preparar
un ataque sorpresa, consiste finalmente
en ¡ahorrar fuerzas y no gastarlas inútilmente!,
replica Arturo.
—¡Pero tus músculos se ablandan, y mira esa panzota
que tienes! ¡Al menos deberías hacer ejercicio!
—Todo lo que dicen, señoras, no me asusta,
responde el león acostándose debajo de un baobab.
Ahora ¡discúlpenme!, es hora de la siesta del rey.

...

13 El regreso del rey

Las leonas, muy enojadas, deciden darle una lección a Arturo. Se ponen de acuerdo con Remí, el mandril.
Poco tiempo después, ¡el mono le avisa al león de la próxima llegada de un rival!
¡El león le cree! Muy preocupado, va a pedirles consejo a las leonas.
—¡Haz ejercicio todos los días!, le dicen todas.
Arturo empieza un entrenamiento intensivo junto con los leoncitos,
que están encantados de estar un poco con su papá.
Después de tres semanas de esfuerzos, el león recobró
un excelente estado físico. Entonces Lea le confiesa
la verdad:
—¡Mírate, gracias a nosotras pareces
un verdadero rey!
Arturo se mira en el estanque y está de acuerdo
con Lea: su melena está hermosa y su cuerpo
es el de un atleta.
—¡Viva el rey Arturo!, gritan las leonas, aliviadas.
¡De veras, tú eres el león más guapo de toda
nuestra tribu!

14 La fiesta de la piraña

Juana, la piraña, organiza una fiesta para conocer mejor a sus vecinos. Pero las pirañas tienen muy mala reputación. Se dice que devoran todo lo que les pasa enfrente.

Cangrejos, medusas, caballitos de mar y otras criaturas marinas, todos están muy preocupados. Sin embargo, Homero, el pulpo científico, reconoce a este extraño pez:

—Mírenla bien... Juana pertenece a una familia de pirañas inofensivas
que se alimentan solamente de plantas.

Los vecinos de Juana no entienden nada
de las explicaciones científicas de Homero;
sin embargo, se sienten muy aliviados.
¡Si esta piraña es vegetariana,
no los comerá!

Sola en su casa, Juana está triste.
—¡Nunca tendré amigos aquí!,
voy a tener que mudarme...

De repente se escucha un ¡toc, toc, toc!
—¡Bienvenida, Juana!, gritan todos
los vecinos. ¡Nos encantan los peces
vegetarianos!

15 Un sapo bien vale un jaguar

Javi es el jaguar más elegante de toda la sabana. Después de horas y horas arreglándose, se pasa el día a orillas del estanque. En el agua admira su brillante pelaje, sus hermosos dientes blancos, su cuerpo esbelto y musculoso.

Un viejo sapo pasa por allí y le dice:

—¡Ten cuidado, de tanto admirarse hasta el animal más bello se vuelve feo! Soy un sapo feo, pero antes era un bello tigre que se pasaba horas y horas contemplándose en las aguas de este estanque...

—¡Cállate, deja de croar, me aburres!, grita Javi sin dejar
de admirar su reflejo.

Unos minutos después, para verse mejor,
Javi se acerca un poco más, un poco más
y ¡PLUF!, se cae al agua...
Desde ese entonces, ya ningún animal
de la sabana volvió a ver a Javi, pero ahora,
¡en el estanque viven dos sapos feos
y desagradables que se la pasan
peleando todo el tiempo!

16 Cien patas menos una

Enrique, el ciempiés, está de mal humor.
En la clase de gimnasia, se torció
el pie número noventa y nueve.
Iris, su vecina la lombriz, viene a consolarlo.
—¡Vamos, amigo!, estoy segura de que pronto
estarás de pie.
—Pero mientras tanto, no puedo moverme,
refunfuña Enrique,
desesperado. Me lastimo todo el tiempo.
—¡Mírame!, dice la lombriz. Yo no necesito pies
para moverme, ¡me basta con arrastrarme!
Todavía tienes vientre y también te puedes arrastrar.
—¡Con un pie enyesado, ya no soy un ciempiés! Además todos se van a burlar de mí...
—¡Ven, te voy a enseñar a arrastrarte, es muy divertido!, insiste Iris.
Hoy, Enrique ya está curado. Entonces, ¿por qué a veces se escucha shsss, clic, clac y luego,
alguien que se arrastra y otra vez clic, clac, shsss?
¡Silencio! Es tan sólo un ciempiés curioso que juega a ser lombriz...

17 Rufus

Rufus es un lince de una especie muy especial: su pelaje es rojizo, tanto que casi es rojo escarlata.
Todos los animales de la región desconfían de él, no sólo a causa de ese extraño color, sino también
porque Rufus es pintor. ¡Un lince rojo y además pintor!, ¡es increíble! Obviamente los demás animales
le temen. Únicamente Lord, el zorro, es su ferviente admirador.
—¡Ignorantes!, le dice a su amigo Rufus.
¡No reconocen tu talento!
Lord decide organizar una exposición en honor
a Rufus, pero sin revelar la verdadera identidad
del artista. Todos los animales del pueblo asisten.
—¡Genial, fabuloso, fantástico!, exclaman todos
los asistentes, emocionados.
Lord anuncia entonces:
—¡Les presento al artista... Rufus!
Rufus saluda y los invitados se quedan
boquiabiertos.
Sigue un largo silencio y finalmente
estalla una tormenta de aplausos.
Hoy, ¡Rufus se ha convertido
en la estrella del pueblo!

La libélula gigante

Lilia, una minúscula libélula, acaba de descubrir un nuevo estanque.
Encantada, se pasea entre los juncos y los lirios en flor.
Una pandilla de mosquitos zumba por allí, la rodea
y se burla de ella.
—¡Es pequeñísima, tan minúscula!, repiten riéndose.
¡Pero Lilia no se dejará impresionar por unos ridículos
mosquitos!
Rápido, regresa a su casa y busca a sus amigas,
las pequeñas libélulas. Todas juntas hacen una pirámide
volante, y regresan al estanque zumbando tanto
como pueden.
—¡Un monstruo!, gritan los mosquitos muy asustados.
¡Huyamos!
—¡Miedosos, miedosos!, vociferan las libélulas.
¡Bravo, Lilia, estos horribles mosquitos nunca más
se atreverán a burlarse de ti!

19 # La mantarraya

Manuela, la mantarraya, se ha convertido en la bailarina más famosa de todo el Caribe. Cuando baila,
todos los peces se quedan boquiabiertos de admiración.
—¡Qué gracia, qué elegancia!, gritan deslumbrados.
Este año, Manuela es la estrella del espectáculo de la noche de gala del mar. Desde temprano, por la
mañana, la gente llega para conseguir los mejores lugares.
Los crustáceos adelante y los peces atrás,
por tamaño.
Empieza el espectáculo. De repente,
en el silencio absoluto de la sala, resuena
un grito: "¡Alerta roja, un tiburón!"
En un abrir y cerrar de ojos, peces y crustáceos
desaparecen.
La que no se ha dado cuenta de nada es Manuela:
concentrada en su baile, no ha visto
ni escuchado nada.
El tiburón se lanza sobre ella...
Manuela lo ve y con un solo movimiento de sus
aletas levanta una gran nube de arena
y desaparece. Enterrada bajo la arena, Manuela,
burlona, mira al tiburón decepcionado que da vueltas
como un loco se va con... ¡los dientes vacíos!

20 ¡Arriba las gorras!

Chupi está harto de hacer monerías detrás de las rejas. No entiende por qué todo el mundo se divierte sacándole la lengua y haciéndole gestos. Chupi se queda pensando y, al igual que todos los chimpancés, se rasca la cabeza.

—¡Tengo una idea!, grita contento, ¡los futuros visitantes del jardín zoológico van a ver lo que es un chimpancé furioso!
Un grupito de niños se acerca a la jaula,
no tienen tiempo de hacer ni una mueca.
Chupi, como relámpago, pasa su brazo
a través de las rejas y ¡PIM, PAM, PUM!,
jala las orejas de cada niño.
—¡Uy, uy, uy!, gritan huyendo los niños.
¡Mamá, este mono se ha vuelto loco!
Desde ese día, Chupi está tranquilo
y se pasa horas y horas mirando
a los visitantes que pasan frente a su jaula. ¡Todos llevan una bonita gorra!

21 Las antenas de Antón

En el océano, con marea baja, es imposible atrapar a Antón. ¡Antón tiene un don! ¿Algún ruido extraño? ¿Un peligro que se acerca? ¡Hop! Antón, el camarón, ya está lejos...
—¡Cuidado, chicos!, les dice a sus amigos parando las antenas, ¡allí viene un gran peligro!
¡Demasiado tarde! Dos camarones se quedaron atrás y ahora están presos entre las mallas de una red.
—¡Socorro!, gritan, tratando de salir de la red, ¡nos van a llevar en una cubeta y después nos van a asar en una sartén! ¡Antóooon!
Pero Antón ya va corriendo a casa de su amigo Pincitas.
—¡Rápido, ven, necesito tu caja de herramientas!
El cangrejo sale de su cueva, sigue a Antón
y en un dos por tres corta los hilos
de la red.
—¡Muchas gracias, Antón!
Te prometemos que, a partir
de ahora, siempre
te escucharemos.
—¡Sólo miren la puntita
de mis antenas
y lo adivinarán TODO!

22 La hora de los cuentos

Al llegar la noche, los tigres se acuestan bajo las grandes hojas del "árbol de los cuentos".
Allí, en silencio, escuchan historias del viejo tigre sabio…
—Hace tiempo, cuenta, los tigres y las panteras eran amigos.
Pero, una vez, una pantera se llevó a un chiquito nuestro.
Desde entonces, estamos en guerra contra ellas.
Dichas estas palabras, se escuchan gemidos que vienen
desde lo más alto del árbol.
—¡No tengan miedo!, ruge una pantera, incorporándose
en la rama. Escuché todo; yo también estoy triste.
No era más que una pantera mala como también hay a veces
tigres malos. Nos gustaría tanto volver a ser sus amigas…
El viejo tigre se queda pensando un buen rato, después
se voltea hacia los demás tigres:
—¡Creo que podemos confiar en esta pantera!
Desde ese día, al pie del "árbol de los cuentos", el viejo tigre
y la más anciana de las panteras se cuentan, uno junto a la otra, las más bellas historias de la selva.

23 La boda de las mariposas

Cada verano, un grupo de hermosas mariposas se da cita encima
de los grandes girasoles.
—Este año, dice Antonio, desplegando sus alas doradas,
iremos a pasear por el pueblo. ¡Me dijeron que hay flores
repletas de un suculento néctar!
Dicho y hecho: las mariposas van volando alegremente por el cielo.
Pero en el camino encuentran a una mariposa muy asustada…
—¡No vayan por allí, hay una terrible tormenta!
¡Escuché unos ruidos tremendos!…
Nunca nada ha detenido a Antonio y sus amigos,
que siguen su camino.
—¡No es una tormenta!, se burla Antonio al llegar al pueblo.
Los ruidos que se oyen son los redobles del tambor
de una orquesta. ¡Hay una boda! ¿Qué les parece si nosotros
también nos ponemos a bailar?
—¡De acuerdo!, gritan sus amigos, posándose cada uno
en el hombro de un invitado. Además, ¡seguro que el ramo
de la novia debe oler delicioso!

24 El restaurante de Tiburcio

Todos los peces lo saben, para cenar en el restaurante
de Tiburcio hay que reservar mesa con anticipación.
Tiburcio sería el más feliz de los tiburones
si su gran familia no se burlara de él.

—Pero, ¿cómo se te ocurrió abrir un restaurante
para peces?, siempre le repiten los demás
tiburones.

—¡Ajá!, añade un primo tiburón martillo,
nosotros, ¡nos comemos a los peces!

—¡Ah!, ¿sí?, pues, los peces son mis amigos,
se enoja Tiburcio. Yo prefiero alimentarme
con algas, ¡es todo! Les advierto que el primero
en venir a poner desorden en mi restaurante se las verá conmigo.

Tiburcio, furioso, cierra la puerta frente a las narices de su primo.

—¡Ya no aguanto a Tiburcio!, masculla el tiburón martillo a sus amigos. ¡Es la vergüenza de la familia!
Esta misma noche iremos a dar una vuelta a su restaurante y ¡qué pena con sus queridos pececitos!

. . .

25 El brebaje mágico

Tiburcio está muy tranquilo: tiene una solución para proteger a sus clientes peces...

—¡Por favor, pasen a la mesa número 8!, dice Tiburcio a una pareja de atunes enamorados.

—¡Y usted, señor Pámpano, puede pasar a la mesa 15!

Todas las noches, Tiburcio toma el micrófono y anuncia a sus clientes:

—¡No olviden tomar su aperitivo antitiburones antes de empezar a comer!

—¡Gracias, Tiburcio!, ¡salud, Tiburcio!

Los peces apenas empezaban a cenar sus algas cuando la puerta del restaurante se abre con mucha
violencia. El terrible primo entra con sus horribles
amigos, pero ¿qué pasa? De repente salen huyendo
a todo vapor.

—¡Bravo, Tiburcio!, gritan los peces.
Tu aperitivo los ahuyentó.

—Mi abuelo me dio la receta, él
también era vegetariano, pero es
un secreto: se trata de un brebaje
mágico...

Pues, ¡buen provecho para todos!
Es por eso que el restaurante
"Tiburcio" siempre está lleno...
¡y lleno de peces!

26 Pipo y el cartero

Pipo es el perrito mejor educado de todo el barrio. "Pipo hizo esto, Pipo hizo lo otro", siempre dice su amo a los vecinos. Todas las mañanas Pipo espera al cartero y, cuando suena el timbre, brinca de su cojín y sale rápido a la calle para traer el periódico en su hocico. Pero una mañana, al perrito le cuesta trabajo cumplir con su misión: no se trata de un periódico sino de un paquete bien envuelto. Pipo gruñe, se pone nervioso, jala el paquete: no puede jalarlo, su hocico es demasiado pequeño.

—¡Vamos, Pipo!, repite su dueño, ¡intenta otra vez!

El perrito se agita, mordisquea y, de repente, percibe un olor delicioso.

Rápido rasca el papel como loco y descubre un hueso.

Un verdadero hueso, un hueso como a él le gustan.

—¡Feliz cumpleaños, querido Pipo!, le dice su amo, dándole una caricia.

Pipo es el perrito más mimado de todo el barrio.

27 Las vacaciones de Pepe

Pepe es el papá de la familia Pez Rojo. Desde el fondo de su pecera, ve muchos paquetes y muchas maletas que pasan muy cerca de su casa de cristal.

—¡Parece ser que nuestros dueños se van de vacaciones!, dice Pepe a su familia. ¿Qué les parece si nos vamos con ellos?

— Pero, ¿cómo?, pregunta Pepita, la más pequeña de sus hijas.

Pepe sabe cómo. Toda la familia Pez Rojo brincará de la pecera y se meterá en el botellón del agua.

Cuando se van de viaje, los dueños siempre llevan agua...

Pero el camino es muy largo y los pasajeros tienen sed...

—¡Papá, mamá!, dice el niño, ¡Pepe está en mi cantimplora, casi me lo trago, y también están con él Pepita y su familia!

Pepe se las arregló para irse de vacaciones ya que, además, este año sus dueños han rentado una casa con alberca... ¡para nadar es mucho mejor que una pecera!

28 El anillo de la serpiente

Todos los domingos, los zorritos del desierto
construyen un enorme castillo de arena. Para ellos,
¡jugar en el desierto es muy fácil! Pero, los zorritos
del desierto lo saben perfectamente: nunca lograrán
hacer un edificio más alto que las dunas. Como verdaderos
zorritos del desierto, en cuanto escuchan un extraño
ruido de cascabeles, se esconden en la arena. De repente,
un largo cuerpo con una curiosa cabeza sale de la arena.
—¿Eres tú quien hacía ese ruido?, dicen los zorritos,
¡nos asustaste!
—¿No reconocieron mi cascabel?, dice la serpiente,
estoy muy preocupado porque mañana me caso.
—¿Y qué problema hay?
—Pues, ¡perdí el anillo de mi novia...!
¡Cric!, ¡cric!, ¡cric!, todos se ponen a rascar la arena como locos y dejan el desierto lleno de hoyos.
De repente, un rayo de luz resplandece en la arena...
—¡Mi anillo!, grita la serpiente de cascabel. ¡Muchas gracias, amigos!, ¡mañana los espero en mi boda!

29 Yin y Yang

Yin y Yang son unos gatos siameses que siempre están contentos y... ¡ocupados! Tienen cita para una
audición en una importante reunión de gatos.
—¡Estoy seguro de que seremos los elegidos para anunciar las "Gaticroquetas" en la televisión!, dice Yin.
De eso estoy seguro, ¡mira nuestro hermoso pelaje!
—¡Y además somos inteligentes!, dice Yang medio cerrando los ojos.

Durante la audición, hacen fantásticas monerías y caravanas frente
al jurado. ¡Qué difícil es para ellos tomar una decisión!

Los participantes peludos tienen o un bonito
hocico, o una cabeza bien erguida o un magnífico
pelaje rayado.

—Después de pensarlo mucho, anuncia el presidente
del jurado, ¡el gato Yin es quien presentará
nuestras deliciosas Gaticroquetas!

—¡Gané!, grita el gato siamés brincando de alegría.
¡Voy a salir en la tele, soy una estrella!

Yang está muy contento por su hermano, pero también
un poco desilusionado por tener que volver a casa.

...

Antes de ensayar su número para presentar las "Gaticroquetas", Yin quiere probar sólo algunas...

—¡Hmmm!, dice metiendo su nariz en el paquete. Una más y ya. Bueno, otra más y esta vez es la última.

Pero el gato es muy goloso y vuelve a meter su nariz en el paquete, ¡en TODOS los paquetes de croquetas! Mientras tanto, cuando los camarógrafos se preparan para filmar, se encuentran al gato acostado junto a los paquetes de "Gaticroquetas" vacíos... La panza de este pobre animal parece una pelota y la lengua le cuelga...

—¡Estoy mareado, me duele la panza!, se queja. Las croquetas estaban demasiado buenas... ¡Aaay!

—¡Este gato es un bueno para nada!, suspira el director de la televisión. Tenemos que encontrar inmediatamente a su hermano gemelo y también más paquetes de croquetas. ¡Rápido!

...

31 El regalo sorpresa

Yang está triste por su hermano, pero también muy feliz por convertirse, él mismo, ¡en la estrella del anuncio!

Pone mucha atención a los consejos de los técnicos de la televisión, aprende su texto de memoria, pero en el momento de presentar el regalo sorpresa que se encuentra en cada caja de "Gaticroquetas":

—¡Socorro!, grita el gato, ¡hay un ratón! ¡Y se pasea por todos lados!

Asustado, Yang se echa a correr y provoca que la cámara se caiga...

—¡Es un ratón mecánico!, grita el director para tranquilizarlo. ¡Es de mentiritas!

¡Uf! Finalmente, el gato lo entendió. Y, en calma, presenta en la tele todas las propiedades de las "Gaticroquetas".

¡Y ahora, hay cola en todos los negocios que las venden! Todos los gatos del pueblo quieren comprar la famosa marca de croquetas que tiene un ratón de regalo en la caja...

A partir de ese día, muchos ratones corren por las banquetas para escapar de los gatos. ¡Miauuuuuuu!

① Un miedoso de verdad

Cruz, la avestruz, vive en un zoológico con su guapo amigo Virgilio.
Cuando este último la mira, Cruz, quien es muy tímida, esconde
la cabeza dentro de la arena. Virgilio está muy orgulloso,
levanta la cabeza y se pavonea en la jaula.
—¡Qué fuerte es!, ¡y qué valiente también!,
piensa Cruz.
El fin de semana, muchos visitantes vienen
al zoológico para admirar a las avestruces.
A Cruz le encantan esas visitas y, sobre todo,
las de los niños. Le fascina hacer gracias
para hacerlos reír. En cambio, Virgilio se mantiene
alejado, él es demasiado orgulloso para acercarse
a los visitantes.
Sin embargo, esa mañana, un niño pegó un grito frente
a la jaula. Virgilio se espantó tanto que enterró su cabeza
en la arena. Los niños se rieron mucho. ¡Y también Cruz!
Aquél que ella veía como un valiente caballero, ¡les tenía miedo a los niños! ¡Qué miedoso! Cruz prometió
que no la volverían a ver sonrojarse y esconderse cuando este miedoso se le acercara.

② ¡Rápido y bien hecho!

Un perro buldog le dijo a un galgo:
—Dicen que eres el perro
más rápido de todos. Me pregunto
cómo podrías correr más rápido
que yo, ¡que soy mucho más robusto
y fuerte que tú!
—Mi cuerpo es más ligero que el tuyo,
le responde el galgo, pero si me estás
retando, ¡acepto!

Se pegaron grandes carteles en todos los árboles para anunciar el espectáculo. Los días anteriores
a la carrera, el buldog come varios kilos de carne. En cambio, el galgo come poco y entrena
con mucho esmero. El gran día llega: tras el silbatazo, los dos perros salen disparados como flechas.
El galgo pareciera volar, mientras que el buldog tiene el estómago pesado y se sofoca rápidamente.
Unos segundos después, el galgo atraviesa la línea de meta. El buldog se deja caer al suelo,
lastimosamente. Todos los espectadores se burlan de él:
—¡Tus músculos y tu fuerza son completamente inútiles!,
le gritan a coro.

Septiembre

3 ¡Qué perfumes!

Un zorrillo es dueño de la perfumería del pueblo. Se trata de un oficio muy original para un zorrillo,
ipues este animal tiene la reputación de apestar! Eso es lo que piensan también todos los habitantes
de la región. Sólo entran a la perfumería de Pedro
para hacer bromas, para divertirse un poco,
pero nunca para comprar. ¡Qué locura!
Comprarle perfume a un zorrillo.
Pero Pedro es un zorrillo muy optimista.
Una tarde, anuncia que va a abandonar
el oficio de perfumero. Después,
ya en la noche, se tiñe de color negro
la franja de pelo blanco que tiene
en la espalda. De este modo, se parece
muchísimo a un mapache. Al día siguiente,
el mapache abre la perfumería.
Inmediatamente, todo el pueblo se apresura

a comprarle sus mejores aromas, las esencias florales más extravagantes que jamás hubieran visto.
Actualmente, Pedro ha ganado una gran fortuna y ha podido quitarse el disfraz, pues los misteriosos
perfumes ya conquistaron a los habitantes del pueblo, que se volvieron unos clientes muy fieles...

4 ¡Silencio, ranas!

¡Renato, el pato, está feliz! Las lluvias han llegado
y su estanque, que se había secado por completo después
del verano, se está volviendo a llenar poco a poco
con agua muy fresca. Desafortunadamente,
no le es posible estar solo y tranquilo ahí dentro.
Desde esta mañana se instalaron en el estanque
una veintena de patos salvajes, que vienen
de países muy lejanos y que le están robando
su espacio.
—Estamos muy cansados por nuestro largo viaje,
necesitamos dormir y comer, le anunciaron
a Renato.
¡Renato no está de acuerdo en lo más mínimo!
Una vez llegada la noche, se levanta silenciosamente
y camina con la punta de sus palmas. Se dirige a las ranas y
les explica que deben tomar medidas urgentes para que los demás
patos se vayan, ¡si es que no quieren desaparecer en sus vientres en tan sólo unos días!
Durante toda la noche, las ranas siguieron al pie de la letra las recomendaciones de Renato el pato:
croaron bien fuerte hasta el amanecer, tan fuerte que ninguno de los nuevos patos pudo pegar el ojo
en toda la noche. A la mañana siguiente, agotados, los patos salvajes volaron en busca de estanques
más hospitalarios y, sobre todo... ¡más silenciosos!

5 ¡Boda lodosa, boda gloriosa!

Hoy se casa Salma, la saltamontes, con Jaime el caracol.
Salma pasó todo el día poniéndose bella, con la ayuda
de sus hermanas. Hoy en día, la costumbre entre
los saltamontes es que la novia recorra sola el trayecto
que divide su casa del lugar de la fiesta. Salma se pone
en camino; está tan contenta que no se da cuenta
de que el camino atraviesa un pantano...
Así, una vez que Salma llega a su destino, todos la reciben
con un ¡ohhh! de consternación.
—Pero, ¿qué te sucedió? ¡Estás toda cubierta de lodo!
¡Qué desgracia!, exclaman sus hermanas.
—Es que... yo... pero, lloriquea la pobre de Salma cuando
se da cuenta del desastre.
—¡Para mí, estás resplandeciente!, le dice Jaime, su futuro marido,
quien también estaba todo lleno de lodo. Ya ves, éste es el atuendo
propio de nosotros, ¡los caracoles! ¡La fiesta terminó en una gigantesca
batalla de lodo! Y, tanto los caracoles como los saltamontes terminaron rodándose
como locos en el lodo y gritando: ¡Vivan los recién casados!

6 Resfriado submarino

—¡Aaaaachuuuuu!
—¡Esto sí que es sorprendente!, exclama Roger, el pez vela. Me acabo de encontrar a Lucía, la mojarra,
quien me contó que Ana, la anguila, había pescado un resfriado. ¡Se encuentra en cama, con fiebre!
—Yo también estoy enfermo, se queja René, el pez gato. No dejo de toser y la nariz no para
de escurrirme. ¡Y no es nada fácil sonarse en pleno río!

Roger decide que va a cuidar a sus amigos mientras están enfermos.
Les cuenta las últimas novedades del río. A Roger le encanta
contar historias ; además, siempre está al corriente de todo,
¡es una comadrita chismosa! Sus amigos, que algunas
veces lo critican por su excesiva curiosidad, están felices
de recibir sus visitas ahora que están enfermos:
¡No hay nadie mejor que él para divertirlos!
En este momento, Roger está muy ocupado cuidando
a Ana y a René, por lo que nadie se sorprende
de que se haya enfermado cuando Ana y René
se recuperaron.
—¡Aaaaachíiiiiiis!

7 ¡Qué voz!

—¡Es ridícula! Pero, ¿quién se cree?, murmuran
las vacas de la granja cuando Clara se pone a cantar.
Pero Clara se burla de ellas. A ella le encanta
la música y la opinión de los demás le es indiferente.
Cuando empieza a anochecer, se va a la orilla
del río y ahí, los peces, las ranas y todos
los animalitos de la noche se le acercan
para escucharla, fascinados. Por supuesto
que la realidad es que las demás vacas están celosas.
Tan celosas que deciden no volver a dirigirle la palabra
nunca más. Entonces, cuando Clara regresa a la granja,
se queda solita y muy triste, en un rincón del establo.
Algunas veces, en la noche, decide arrullar al establo cantándoles
una bonita canción de cuna, pero las demás vacas se quejan y, furiosas, le dirigen
varios "¡SHHHHH!" que ponen aún más triste a Clara. Una tarde, cuando empezaba a oscurecer,
todo el establo se inunda de murmullos alocados: Gaspar, el guapo toro, ¡estará de regreso mañana!

. . .

8 Gaspar

Y, efectivamente, así sucedió. A la hora en que despierta el gallo ¿quién se está paseando, majestuoso,
por todo el patio? ¡Es Gaspar!

—Gaspar, qué maravillosa sorpresa, murmuran
todas las vacas rodeándolo.

Todo el rebaño se secretea, murmura,
muge al mismo tiempo; excepto Clara,
quien se ha alejado canturreando.

—¡Qué presumido es ese Gaspar!
¡Me desespera!, refunfuña Clara.
¡Y luego, todas las demás que se
pavonean para agradarle!

Sin dejar de renegar, Clara llega
hasta la orilla del río. Sus amigos
le solicitan inmediatamente una canción
y Clara, olvidando su mal humor,
se pone a cantar. Todos la escuchan,
maravillados... y nadie se da cuenta de que
Gaspar se acercó silenciosamente y que él
también la observa, fascinado...

. . .

9 Dúo al claro de la luna

A la mañana siguiente, el rebaño queda muy sorprendido
al escuchar que Gaspar canta a todo pulmón:
—¡Ah! ¡La música! Me encanta la música... pum... pum...
Las vacas miran a Clara con un aire desconfiado,
pues ésta marca el ritmo con su pezuña.
—¿Se han dado cuenta, murmuran las demás vacas,
cómo ha cambiado Gaspar esta noche?
—Y Clara... la veo cada vez más
y más desvergonzada. ¡Mírenla, ahora
hasta está bailando! ¡Qué descaro!
Y, efectivamente, Clara y Gaspar cantan a dúo
todas las noches a la orilla del agua. No se separan
para nada. Algunas semanas después, ya entrada
la noche, Clara y Gaspar sueñan al claro de la luna:
—Nuestro hijito se llamará Joselito.
¡Él también será un artista!

10 El circo de la sabana

Se ha instalado un circo en la sabana. Pequeños y grandes observan,
maravillados, la enorme carpa amarilla con rojo. Todos esperan
la actuación de Mimí, la jirafa trapecista, de Leo, el oso mago
y de Zulú, el chimpancé payaso. A Eli, el pequeño elefante,
le encantaría participar en el espectáculo. ¡Le gustaría
ser equilibrista! Cuando habla de ese sueño,
sus amigos se burlan de él:
—¿Cómo podría un elefante mantenerse
en equilibrio sobre un hilo?
Pero Eli no renuncia a su sueño. La noche
de la inauguración, todos los animales se encuentran
reunidos bajo la gran carpa. El señor Leal anuncia:
—Solicito fuertes aplausos para recibir a Eli, ¡el primer
elefante equilibrista!
Y, entonces, aparece Eli, con las cuatro patas alineadas,
las orejas bien levantadas y la trompa extendida hacia el frente.
Muy orgulloso, avanza de costado sobre una cuerda invisible.
Una multitud de aplausos lo recompensa; Eli es, feliz y merecidamente, el primer elefante
que logra volverse ligero.

11 Cigu es muy distraída

Cigu comienza hoy su oficio de cigüeña. Tiene que transportar un paquete tan pesado
que a duras penas logra levantarlo. ¡Uno, dos y tres! Ya está, Cigu logra
despegar. Pero, ¿adónde se dirige? ¡Eso, Cigu no lo sabe! Y es normal,
pues se llevó el paquete, pero se le olvidó adónde tenía que llevar
a esos dos bebés. Aún así, Cigu tiene suerte, ya que debe
entregar a estos gemelos en la misma dirección.
¿Pero, qué dirección es ésa? ¡Su primo Pablo
llega pavoneándose como si fuera un pavo real!
—¡Cigu, espérame! ¡Voy a la misma dirección que tú!
—¡Qué bien!, dice Cigu, y ¿dónde queda?
—En la calle Soldadito, número 22. Primero entregamos
y luego te invito al lago.
—¡Perfecto!, le dice Cigu, un poco más relajada.
Entonces, Pablo, muy sorprendido, le explica a su distraída prima:
—¡Cuando no se tiene cerebro, se necesita tener al menos dos grandes alas!
—¡O bien un amable primo que vuele rápido y bien!, le responde la pilluela.

12 Rosita se va de viaje

Rosita es una cochinita única entre todos los cochinos de los alrededores. Se llama así
porque es ¡una adorable cochinita rosa! ¡Como todos los cochinos! Bueno, casi todos, porque Rosita
vive rodeada de puros cochinitos negros. Hoy decidió ir a visitar las tierras de los cochinos rosas.

Se va corriendo, tan rápido como le es posible, hacia las tierras
vecinas. Llega muy cansada y busca un lugar para cenar.
—¿¡Comer!?, le dice una cochina, ya mayor, que era igual
de rosa que ella. ¡Pero, para comer se necesita dinero
y yo a ti no te conozco!
Rosita se va, un poco triste. Entonces, se encuentra
con Cochito, quien le pregunta de dónde viene.
—Vengo de muy lejos, tengo hambre y sed,
y además no conozco a nadie por aquí.
Cochito lleva a Rosita a su casa, con su familia
de cochinitos rosas. La familia la invita a cenar,
con mucho gusto.
—¡Ahora, es mi turno!, le dice Cochito, entusiasmado.
¡Llévame al país de los cochinos negros!

...

Rosita regresa a casa

A la mañana siguiente, Rosita y Cochito
parten con el hocico en alto. A su llegada,
los habitantes se preguntan si no están
viendo doble: dos cochinitos rosas.
Aquéllos que pensaban que Rosita era única
empiezan a hacerse muchas preguntas.
Clara es la única que no tiene ninguna duda.
Rápidamente se acerca a Cochito, quien
se siente muy conmovido por el recibimiento.
—¡Te invito a mi casa!, le dice Clara.
Cochito no sabe si debe seguir
a Clara, ¡pero ella es tan amable!...
—¡Vayan!, les dice Rosita, quien se encontró
con Cacho, el cochinito negro más guapo del pueblo.
—¡Te extrañé mucho!, le dice Cacho en secreto a Rosita.
¡La boda de Cochito y Clara se celebra el mismo día que la de Cacho y Rosita! Y hoy, en el pueblo,
se pueden ver muchos cochinitos con rayas rosas y negras.

14 Un lugarcito para Toto

Toto, el pequeño elefante marino, está aburrido en la orilla del agua. Su papá ronca ruidosamente a su lado
y está ocupando toda la playa. Toto decide ir a buscar amigos. En ese preciso momento, se da cuenta
de que en el agua hay algunos leones marinos que están jugando. Les pregunta:
—¿Por qué nadie quiere venir a jugar conmigo a esta playa?
— Porque los elefantes marinos ocupan demasiado espacio, le responde Otela.
—¡Yo se los voy a decir!, dice Toto. ¡Tápense los oídos!
El pequeño elefante marino se acerca a su roncador papá y grita muy, muy fuerte:
—¡Papá! ¡Muévete de ahí! Ocupas todo el espacio y no puedo jugar.
Se escucha un fuerte bramido y luego
el papá de Toto se desplaza
lentamente hacia un rincón
más tranquilo.
—¡Ya está!, les dice Toto. ¡Ahora
podemos jugar! ¡Vengan todos!
¡Se arma una tremenda fiesta
en la playa! Pero nadie se atreve
siquiera a acercarse a las rocas,
porque un papá tan grandote
y roncador provoca muchísimo miedo...

15 El sombrerote de Eric

Eric, la ardilla, encontró un viejo sombrero que lo hace
verse muy elegante, aunque la verdad es que le queda
¡demasiado grande! Cuando pasa al lado de Judit,
su enamorada, Eric ni siquiera la ve.
—¡Oye, oye, Eric! ¿Adónde vas escondido
bajo ese enorme sombrero?
Entonces, Eric levanta la orilla de su sombrero
y extiende las patas hacia su novia:
—Debo ponérmelo para darle gusto a mi tío,
que me lo regaló.
—Quizás podría servir para otra cosa...
le sugiere Judit.
—¿Como para qué?, le pregunta ingenuamente Eric.
—Pues bien... si tú quieres... podríamos llenarlo de musgo,
le propone Judit.
—¡Ya entendí!, exclama Eric. ¡Mi sombrero será la cuna más bella, jamás vista,
para nuestro primer bebé!
¡Y así fue como nuestra pareja de enamorados siguió su camino cargando,
cada quien de un extremo, el sombrero-cuna!

16 El bambú de Togo

Togo, el panda, se encontró un bambú gigante. ¡Alcanza para toda una semana de comida!
Comienza a degustarlo, ramita por ramita, cuando llega Kira:
—¡Un enorme bambú como éste es un festín para los pandas!, dice ella, sugerente.
—¡Yo lo encontré!, le dice Togo. Es mi comida.
—¡Pero, no tengo mucha hambre! Tan sólo quisiera unas ramitas, le insiste Kira. Y se instala a comer.
—¡Qué magnífico bambú!, exclama Bagui, a su vez. ¿Me invitan a comer?
—¡Ay, no!, dice Togo, un poco enojado.

—¡Al menos podrías compartir un poco! le dice Kira. Ven, Bagui,
aquí te hago un lugarcito.

Bagui está fascinado y empieza a comerse algunas ramitas.
—¡Togo!, grita Lomé, que viene llegando.
Cuando nos terminemos este bambú, te diré dónde
encontré otro bambú gigante.
Inquieto, por tener que compartir su comida,
Togo come demasiado rápido y se siente totalmente
indigesto. Ahora, se siente muy contento de tener
a sus amigos los golosos cerca, pues lo acompañan...
¡y lo cuidan!

17 Una polilla muy golosa

—¡Tengo hambre!, le dice Poli a mamá Polilla.

—Llegó el momento de buscar un buen lugar para pasar el invierno, piensa mamá Polilla.

Pero, ¡no encuentran un solo armario o una buena cobija en estos campos!

La noche cae y mamá Polilla decide que deben detenerse donde sea. Por mera casualidad, se despiertan extrañadas porque se sienten muy bien cobijadas.

—Apenas estamos a mediados de septiembre, ¡es increíble que haga tanto calor!, piensa mamá Polilla.

De repente, levanta las alas para volar y se da cuenta de que pasaron la noche junto a un borrego de gruesa lana.

—¡Este lugar es perfecto para mis bebés!, exclama mamá Polilla.

Y así, se instalan en el lomo de Carlitos, el borreguito, quien por supuesto no se da cuenta de la presencia del nidito en su espalda... Mamá Polilla enseña a sus pequeños cómo alimentarse con la deliciosa lana. Poli tiene un apetito feroz, pero mamá le enseñó desde chiquita que debe ser muy educada. Por eso, al degustar la lana de Carlitos el borreguito, Poli escribe una G, luego una R, después una A... ¡en fin!, escribe todas las letras de la palabra ¡GRACIAS!

• • •

18 El vuelo de huida de las polillas

Luisa, la oveja, está enojada. Se pregunta por qué su enamorado tiene tatuado GRACIAS en el lomo.

—¿Quién te hizo esto?, lo interroga Luisa, furiosa.

—¡No tengo ni idea!, le responde Carlitos, sin alcanzar a ver la hermosa lana de su espalda.

—Si vas a seguir con esa actitud, mejor ¡te dejo de hablar!, le dice Luisa.

Carlitos está muy desconcertado. Va con sus amigos y les pregunta:

—¿Quién de ustedes me hizo esta tonta broma?

Ahora, Luisa está muy celosa.

Los amigos están igual de sorprendidos:

—¡Nosotros no fuimos, Carlitos! ¡En serio! ¡Créenos!

—Entonces, vayan a hablar con ella, ¡ayúdenme a encontrar una solución!, refunfuña el desafortunado borreguito.

Al día siguiente, descubren un enorme "¡MIAM! ¡MIAM!" escrito sobre el lomo del borrego Gastón. Entonces, el granjero se da cuenta de lo que está sucediendo:

—¡Tenemos una invasión de polillas! ¡Rápido, necesitamos un insecticida!

Al escuchar esa amenaza, una nube de polillas sale volando, hasta perderse en el horizonte.

Pues, ¡a estas mariposas no les gustan los productos químicos!

19 ¡Al ataque, Justino!

Durante el otoño, Justino no encuentra nada muy interesante en qué ocuparse. Además, las castañas siempre le caen en la cabeza cuando pasa debajo de los árboles.

—Las castañas no son para los conejos, le dice Javier, el pequeño jabalí.

—¡Díselos tú! ¡No dejan de atacarme!, exclama Justino, sobándose la cabeza.

—¿Castañas que atacan? ¿Cuándo se ha visto algo así?, le dice Javier. ¡Ven! Mejor nos vamos de aquí.

De pronto, se escucha una risa burlona desde lo alto del castaño.

—¡Ajá! ¡Conque eras tú quien me estaba lanzando castañas encima!, le dice Justino a Eric. Justino se siente relajado al descubrir al atacante.

—¡Discúlpame! ¡Lo que pasa es que me estaba divirtiendo mucho! Ven, mejor te llevo a un delicioso huerto.

Cuando llegaron al huerto, Justino arrancó toda una hilera de zanahorias.

¿Creen que se las iba a comer? ¡Claro que no! Empezó a bombardear a Eric con ellas. Eric sólo saltaba en todas las direcciones ¡para esquivarlas!

—¡Qué partido!, comenta Javier. ¡Cinco-cero! ¿Y si nos vamos a festejar?

20 ¡Espinito quiere cruzar la carretera!

Espinito conoce muy bien su bosque. Ahora, quiere cruzar la carretera e ir más lejos:

—¡Es demasiado peligroso!, le dice su mamá. Tu abuelito se fue y ya nunca regresó.

Espinito sabe bien que debe mirar a cada lado antes de cruzar. Escucha con atención los ruidos de los coches que pasan. ¡Un pequeño erizo no puede correr demasiado rápido! No ve nada en el horizonte. Espinito empieza a avanzar, cuando de repente escucha un zumbido.

Tan rápido como le fue posible, regresó a la orilla.

—¡Te lo dije!, le grita su mamá.

—Pero, mamá, le explica Espinito, ¡tengo que cruzar!

Nuevamente, empieza a caminar hacia el otro lado, cuando escucha un "ringgg":

—Espinito, ¡una bicicleta!, le advierte su mamá.

¡Ufff!, la bici apenas alcanza a esquivar a Espinito. Él sigue su camino y ¿quién lo estaba esperando con los brazos abiertos? Su abuelito.

—¡Mañana te llevaré de regreso a casa!, le dice su abuelito, muy orgulloso de saber que tenía un nieto tan valiente.

21 ¡A comer, jabalíes!

En el bosque, mamá Jabalina no está nada contenta.
Sus pequeños jabalíes, los jabatos, no dejan de pelearse:
—¡Yo la vi antes que tú!
—¡No, ésa es mi bellota!, se queja Javier, atragantándose
la fruta del roble.
—¡Vengan a ver!, les grita su hermano, que está un poco
más allá. ¡Acá hay muchas bellotas!
—¡Son para mí!, exclama Javier.
— No, ¡para mí!, le reclama su hermano, empujándolo.
—¡Ya basta!, grita mamá Jabalina, desesperada.
Ya que se comportan como cerditos salvajes, ¡yo soy quien
se va a encargar de su comida! Fórmense uno junto a otro
y levanten bien el hocico.
Javier y sus hermanos se quejan un poco y luego obedecen.
—¡Bien!, les dice mamá Jabalina, tomando un puñado de bellotas. Abran la boca bien grandota,
que ¡comienza la repartición!
Mamá Jabalina se concentra y ¡hop!, lanza con precisión las bellotas dentro de cada una de las bocas
de sus hijitos hambrientos. ¡Asunto arreglado! No se escuchan más gruñidos en el bosque, sino únicamente
el ruido de ¡unas mandíbulas muy ocupadas!

22 ¡Los gallos pillos!

—¡Coot-coot!, cacarea muy fuerte Florita una mañana. Nuestros huevos están todos rotos…
Pobres gallinas, ¡tienen el sueño demasiado pesado!
—Esta noche, gallinitas, ¡sólo vamos a fingir que dormimos!, les anuncia Florita muy enojada.
Así, a la media noche, la sombra de Rocco aparece dentro del gallinero…
—¡Oigan!, les susurra a sus amigos gallos. Las gallinitas ya están bien dormidas… ¡Volvamos a jugar
al tiro al blanco! ¡Todavía hay muchos huevos frescos en la paja!
Los gallos recogen los huevos en silencio
y luego los acomodan en forma de pirámide.
—¡Yo empiezo!, murmura Rocco, preparado
para lanzarle una piedra a la pirámide de huevos.
¡Voy a hacer un delicioso omelet con ellos!
—¿Qué les pasa?, gritan las gallinas, picoteando
con todas sus fuerzas la cresta de los gallos
pillos. ¡El gallinero no es un puesto de feria!
¡Vayan a jugar al tiro al blanco fuera de aquí!
Tanto escándalo despertó a la granjera, quien
acudió de inmediato al gallinero y comprendió
lo que sucedía… Los gallos recibieron un castigo:
no tendrán granos ¡durante una semana entera!

La danza de la lluvia

Ramón y sus amigos están desesperados. No ha llovido
en todo el verano.

—¿Por qué no hacemos la danza de la lluvia?, propone Ramón,
sacando la cabeza de su caparazón. Pongámonos en círculo.
Entonces, los caracoles sacan bien sus cuernitos
y forman un círculo perfecto.

—Y ahora, ¡hacia el frente!, dice Ramón, deslizándose
con mucho trabajo sobre la tierra seca. Luego, ¡de lado!,
y después... ¡hacia atrás!

Gilberto el erizo se acerca, muy intrigado
por estos extraños movimientos:

—¿Acaso están perdidos?, les pregunta con su voz pausada.
Tiene horas que están dando vueltas ...

—¡No, para nada!, le responde Ramón, sudoroso. Bailamos para que llegue la lluvia.

—¡Van a conseguir su propósito!, les dice Gilberto. ¡Levanten sus cuernitos!

¡Ramón y sus amigos nunca habían visto nubes tan espesas y negras en el cielo!

—¡Se acerca la lluvia!, exclaman locos de alegría. ¡Ya está lloviendo! ¡Plic! ¡Ploc! ¡Plic!

Los caracoles también saben bailar muy bien... ¡la danza de la felicidad!

La mañana de Fabián

A Fabián le gustaría mucho ser un zorrito divertido,
perotiene un problema: ¡se preocupa demasiado
por todo! De repente, cuando va camino
a la escuela, se detiene con ganas
de llorar:

—¡Oh, no! Se me olvidó la mochila.
Sin embargo, a Fabián ya no le da
tiempo de regresar a su casa
por ella... y así se va a la escuela.

—¡Oye, Fabián!, se burlan de él
sus compañeros. ¡Se te olvidó
quitarte el pijama! ¡ji, ji, ji!

En el comedor no le va mejor. El pobre
zorrito se tiró todas las espinacas encima
de su pijama de rayas... Y, a la hora de la salida, su mamá
no está en la reja esperándolo... ¡RIING! ¡RIING!, ¡suena finalmente el despertador! Fabián está vestido
con su pijama de rayas, pero ¡apenas está despertando de una horrible pesadilla!

—¡Mamá!, grita Fabián, recién levantado. ¡No se te olvide ir por mí a la escuela hoy en la tarde!, ¿ehhh?

Un poco más tarde, Fabián ya va caminando bien derechito a la escuela, con su mochila en la espalda,
aunque por las dudas se agacha para asegurarse de que su camisa esté limpia...

25 Las desgracias de Justina

Justina camina lentamente por la vereda, cuando, de pronto, da un paso en falso y ¡pum!,
se cae y queda con las cuatro patas al aire...
¡Esto es muy desesperante y peligroso para una tortuga!
—¿Cómo le voy a hacer para voltearme otra vez?
¡Mi caparazón es demasiado pesado!
En eso, Heberto va pasando por ahí y se detiene:
—¡Qué mala suerte tienes, mi querida Justina!,
le dice suspirando el erizo. Quisiera ayudarte,
pero mírame, no soy demasiado fuerte y, además,
mis espinas te podrían lastimar... ¡Lo siento mucho!
Justina está sudando, se pone nerviosa y patalea.
De pronto, aparece Ramón, el caracol:
—¡Ay, ay, ay!, exclama el caracol. ¡No va a ser
nada fácil enderezarte, querida Justina! Y la verdad
es que mis cuernitos son demasiado suaves
como para empujarte... ¡Lo siento mucho!

...

26 La tortuga trampolín

—¡Ya sé!, grita de repente Ana la rana. ¡Voy a saltar sobre tu panza para impulsarte! Y ¡ping! ¡pong!
Ana salta como si estuviera en un trampolín. Está muy agotada, pero la tortuga está casi sobre
sus cuatro patas... y de pronto ¡pataplum!, Justina se cae hacia el otro lado...
—¡No lo lograré nunca!, llora la pobre tortuguita. ¡Nunca! Además, ¡me están dando calambres en las patas!
Mina, la golondrina que estaba volando por ahí, se detuvo junto a ella:

—¡No te preocupes!, le dice la golondrina. Voy volando
a avisarle a Simón, mi amigo el jabalí.
¡Él es muy fuerte!
—¡Ésa es una excelente idea!, dice Ana la rana
para tranquilizar a su amiga. ¡Con su enorme
hocico, te va a voltear muy rápido!
Simón llega con pasos lentos, muy seguro
de sí mismo. Y, tal como lo habían dicho,
con un simple empujón de nariz vuelve
a poner a la tortuga sobre cuatro patas.
—¡Muchas gracias, amigos!, dice Justina,
relajada. Gracias a ustedes, pude recuperar
la linda casa que traigo en mi espalda.
Justina les prometió que caminaría
aún más lento cuando vaya
por la vereda...

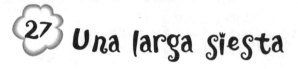

Dos borregos descansan en la pradera. ¡Son Borro y Ricitos! Casi todos los días, admiran desde ahí las hermosas nubes blancas que se forman en el cielo.

—¡Estoy seguro de que las nubes son aún más suaves que nuestra lana!, dice Borro.

—¡Debe ser increíblemente suave dormir en ellas!, añade Ricitos.

Me encantaría tomar una siesta... De repente, una extraña máquina se detiene, rechinando, junto a los borregos soñadores. Unos instantes después, se baja de ahí un borrego verde, ¡uno muy peculiar!...

—Gracias a mis bocinas especiales, pude escuchar lo que decían ¡desde allá arriba!, les dice el borrego extraterrestre. Súbanse a mi platillo volador y vengan conmigo a sentir las nubes. ¡Ya verán, es genial! Borro y Ricitos se quedan estupefactos, ¡pero siguen al borrego verde sin pensarlo más! Allá arriba, su siesta fue tan buena, dulce y suave que nunca se volvió a saber de ellos en la pradera... ¿Acaso Borro y Ricitos se habrán vuelto verdes?

28 Lupita, la topita trabajadora

Lupita, la topita, es miope, pero es ¡la mejor trabajadora del bosque! Las ardillas, los ratones de campo y los conejos la llaman para que repare cualquier cosa que se descomponga en su casa. Sin embargo, cuando está sola en su taller, se queja:

—¡Ayyy! ¡Ya me lastimé otra vez! ¡Mis herramientas ya están demasiado viejas para hacer bien mi trabajo! ¡Toc! ¡Toc! ¡Toc!

—¡Lupita! ¡Rápido!, exclama Leo el conejo. ¡Se rompió la llave de la entrada a mi madriguera!

La topita toma su caja de herramientas y sigue a Leo.

Desgraciadamente, con tantas heridas en los dedos no le es posible trabajar con una llave tan pequeña... Lupita insiste, sufre un poco, pero ¡ufff!, logra sacar la llave de la cerradura.

—¡Bravo, Lupita!, le dice el conejo, feliz. Regresa mañana, ¡te llevarás una sorpresa! A la hora acordada, Lupita regresa a casa de Leo. Pero una cosa brillante la espera frente a su puerta... ¡Una caja nueva de herramientas!

—¡Es para ti!, le dicen sus amigos. A trabajar, Lupita, ¡y sin cortaduras!

29 Las malabaristas del océano

En el fondo del océano protestan unos bebés erizos. Están llamando a sus hermanos mayores,
pues tres pulpos gigantes se acercan a su escondite...

—¡Son ellos!, gime uno de los pequeños erizos. ¡Siempre nos agarran para hacer malabarismos con nosotros!

—¡No somos pelotas!, exclama otro erizo, ¡aunque nuestros picos todavía no sean tan duros como una aguja!
Los hermanos mayores tienen una idea...

—Ustedes escóndanse, les dicen a los bebés. Pero, ¡no se pierdan
el espectáculo!

Los erizos se aproximan a los pulpos, como si nada sucediera.
Como siempre, los pulpos extienden sus ocho musculosos
brazos, atrapan a los erizos para hacer malabarismos y...

—¡Ay! ¡Uy! ¡Ay!, gritan los pulpos sin dejar de sacudir
sus brazos llenos de espinas. ¡No lo volveremos a hacer,
lo prometemos!

A partir de ese día, los pulpos practican su malabarismo
con unas piedritas, y tienen unos fieles admiradores,
los bebés erizos, ¡sus nuevos amigos!

30 ¡Rápido, Traviota!

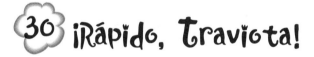

Una mañana, Traviota, la gaviota, asoma su hermoso pico
desde su cómoda y caliente camita.

—¡Brrr!, dice Traviota, con todas las plumas erizadas. ¡Ya empezó
a hacer frío! ¡Muy pronto los días estarán demasiado frescos
para una gaviota como yo!

—¡Yujuu, yujuuuu! ¡Ya estamos aquí, Traviota!
Cientos de gaviotas se acomodan, como si fueran notas
musicales, sobre los cables eléctricos. ¡Todas están esperando
a que regrese su amiga Traviota para viajar a un lugar
más caluroso!

—¡Ya voy! ¡Ya voy!, les dice la gaviota un poco aturdida.
¡Es que estoy preparando mi nido para la próxima primavera!
Después de hacer un poco de limpieza, Traviota se coloca
también sobre los cables.

—¿Cuándo nos vamos a África?, les pregunta a las demás,
balanceándose en el aire helado.

—¡Ahora mismo! ¡A la cuenta de tres, despegamos! ¡Uno... dos... tres!
Y allá va Traviota con sus amigas. Van camino a los países calientes,
¡donde pasarán el invierno! El viaje será largo y cansado, pero unos buenos y crujientes insectos
les darán muchas fuerzas para llegar a su lejano destino...

1 Cracota, la marmota, se queda sin invierno

¿Qué está haciendo Cracota? Tiene
el hocico lleno de hierbitas y carga
pesadas y bellas raíces de árboles.
Licha la zorrilla, cuando se encuentra
con Cracota, entiende todo lo que pasa...
—¿Ya estás preparando tus provisiones
para el invierno?, le dice Licha
sorprendida.
—¿Acaso tú no empezaste todavía?,
responde la marmota muy apurada.
Pero si los primeros fríos llegarán
muy pronto y debemos comer bien ¡antes
de irnos a dormir para pasar el invierno!

—Este año ¡no tengo ganas de dormir!,
insiste Licha. Hibernar nos hace perder el tiempo. ¡Te das cuenta de todos los paseos que podríamos
hacer en ese tiempo en lugar de estar durmiendo!
Cracota no le responde, pero se queda pensando. La idea de su amiga es excelente, pero ¿cómo resistir
el sueño si la marmota ya siente frío y se la pasa bostezando? • • •

2 La idea de Justino

Licha está muy preocupada. ¿Qué debe hacer? Si se duerme como Cracota, ya no podrá pasear ni jugar
en el bosque... Y si decide no hibernar, no compartirá con su amiga durante todo el invierno los juegos
a los que están acostumbradas... De pronto, la zorrilla se acuerda de Justino, su amigo el conejito
travieso. ¡Seguramente, él tiene una solución!
—¡Hey, Justino!, exclama desde la entrada de su madriguera. ¡Te necesito!
—¡Misión imposible!, le contesta inmediatamente el conejo.
¿Qué es lo que necesitas?

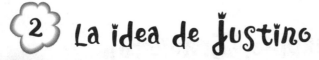

—Cracota ya se puso a hibernar y no habrá quién
la despierte. Yo ya la extraño.
—¡Vamos a despertarla!
Justino se queda callado y se pone a pensar...
—¡Ya sé!, exclama de repente. ¡Vamos a quitarle todas
sus provisiones y así, no le quedará más remedio
que asomar la punta del hocico para conseguir comida!
—¡Pero eso es demasiado cruel!, responde la zorrilla.
¡Pobrecita...!
—Entonces, toquemos la trompeta porque así
¡despertaremos a todo el bosque!
¡TÚU! ¡TÚUUUUU!

octubre

③ ¡Llegó la primavera!

—¡Nooo!, exclama Licha tapándose los oídos. ¡Esto es espantoso! ¡Tengo una idea! ¡Disfracemos al bosque como si fuera la primavera!

Inmediatamente, pusieron el plan en marcha. Todos los amigos pintan de verde las hojas de los árboles alrededor de la madriguera de Cracota y colocan un enorme calefactor justo frente a la entrada de la guarida de la marmota. Luego, los pájaros trinaron una melodía primaveral... ¡Yujuyuju! ¡Yujuyuju!

Cracota abre un ojo, luego el otro... Levanta una oreja, luego la otra... Se estira y se estiiira... al dulce son de los canturreos.

—¡Hmmm! ¡Por fin llegó la primavera!, murmura Cracota mientras sale de su madriguera. ¡Qué bien dormí!

—¡Hola, Cracota!, gritan a coro todos sus amigos. ¿Ya ves? ¡Hasta en invierno podemos hacer que parezca primavera!

Cracota guardó tantas provisiones que invita a todos ¡a comer y a bailar! Y prometió que al día siguiente iría a pasear con su gran amiga Licha.

④ El partido de baloncesto

Kangu es un canguro muy astuto.

—Las bolsas que tienen las mamás canguro en la panza ¡también sirven para jugar baloncesto con sus hijos!, le dice a su hermanito.

—¡Ya estoy listo!, responde Kangui sosteniendo el balón con sus cortitas manos. ¡Ve a buscar a mamá!

Mamá canguro se coloca frente a sus pequeños diablitos y extiende su bolsa.

—¡Hop! ¡Gané!, exclama Kangu cuando el balón entra directamente al improvisado cesto. ¡Te toca a ti, Kangui!

El hermanito se concentra, sonríe a su mamá, fija la vista en el cesto y... ¡no encesta! El balón rodó justo a un lado... Kangui vuelve a intentarlo, hace algunas muecas, se concentra nuevamente... ¡oh, no! Volvió a fallar...

—¡Este juego es muy difícil!, refunfuña. ¡Estoy muy chiquito para esto!

—¡No llores, hijito!, le dice mamá con una voz muy tierna. ¡No te preocupes!

Para lo que más sirve mi bolsa, es para hacer muchos arrumacos...

Kangui se mete feliz en la bolsa de mamá.

Y, ¡shhhh!, se duerme.

octubre

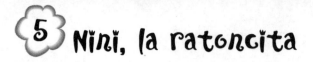

5 Nini, la ratoncita

De todos los ratones del pueblo, Nini es la que se ocupa
de los dientes. En cuanto a un niño se le cae un diente,
¡zum!, se escabulle bajo su almohada para dejarle
un regalo. Una noche, justo enfrente de su casa,
Nini se encuentra una notita: "¡Emergencia!
¡Diente caído en la calle Migajitas número 8!"
Nini conoce el pueblo tanto como a sus bigotes.
Se dirige a la calle correcta, la casa correcta
y la almohada correcta... Y, suavemente, deja
una moneda de 10 centavos muy brillante.
—¡Uf!, resopla Nini. Este diente está muy pesado
para cargarlo...
¡Pobre Nini! En la calle Migajitas número 8 vive
¡una familia de gigantes!
Como no puede cargar el diente y está muy cansada,
se queda dormida, con el diente entre sus patitas... Al llegar la mañana...
—¡Qué preciosa!, murmura la niñita gigante al ver a Nini. ¡Es el regalo más bonito que haya recibido!
Ahora, como la niña adoptó a Nini y la mima tanto, hay que buscar otro ratoncito para que se ocupe
de los dientes caídos...

6 La piscina de Coco

Coco es un cocodrilo distinto de los demás. En primer lugar, tiene mucho dinero, además, no le gusta
bañarse cuando hay más animales en el pantano.
—¡Siempre tengo que ahuyentar a las gacelas, a los antílopes!, suspira. ¡Es agotador!
¡Quiero bañarme en paz!

—¡Fabrica tu propia piscina!, exclaman los chimpancés
desde lo alto de un árbol. Así, nadie lo molestará,
"señor" Coco.

El cocodrilo se siente muy ofendido.
Para darles una lección a esos monos, ¡PUM!,
golpea muy fuerte el agua con su enorme cola
para molestarlos. Pero Coco se queda pensando...
Después de todo, una alberca propia no estaría
mal. ¡Él conoce gente en todo el mundo!
—¡Voy a convocar a un equipo de castores
para que construyan MI piscina! ¡Y nadie
podrá meterse en MI piscina!, repite
el arrogante cocodrilo.

...

7 La piscina de Coco

Rápidamente, los castores se ponen a trabajar
y la piscina de Coco queda terminada.
Toda la sabana se enteró, pero cuando
los chimpancés llegan donde está
el cocodrilo, se siguen burlando:
—¡Tu gran tina está fabulosa, pero
no te sirve para nadar si no tiene agua!
—¡Tengo todo previsto!, responde Coco.
Tengo una reserva especial de mangueras
de riego.
Con un chasquido de dedos, llamó
a una manada de elefantes. Y... ¡PSCHHHHH!
La piscina de Coco se llenó en pocos minutos.
—¡Estupendo! ¡Fantástico!, exclaman los animales de la sabana. ¿Nos dejas meter las patas?
Coco está muy enfadado. Él quería calma y tranquilidad, y ahora, ¡¡¡su única salida es regresar al pantano
a bañarse solo!!! Ahí, ya no queda ni un alma.

8 ¡Se acabó la caza para Pilo!

Los conejos salen de la madriguera a toda prisa y en zigzag. Estos astutos animales de largas orejas
dan volteretas para escaparse de los cazadores...
Pilo, el setter irlandés, quiere mucho a los conejos. Tiene una idea. Mientras que su amo se prepara
para ir de caza, Pilo sale a la búsqueda de conejos para advertirles:
—Cada vez que escuchen un disparo, simulen que están heridos. Correré para agarrarlos suavemente
con el hocico y llevarlos con mi amo. Pero tengan cuidado de no mover ni una oreja hasta
que yo llegue a liberarlos.
¡BANG! ¡BANG!
Los disparos de las escopetas retumban, y Pilo
se precipita hacia los conejos como si de veras
estuvieran lastimados. Rápidamente, los echa
en una bolsa muy grande.
—¡A comer!, gritan los cazadores cuando vuelven
a sus casas. ¡Hoy tuvimos una buena cacería!
No muy lejos de ahí, Pilo y los conejos se ríen
en silencio, pues todos lograron escapar... Pilo hizo
una promesa, ¡nunca será un perro de caza!

9 ¡Gigí y Sofía tienen sed!

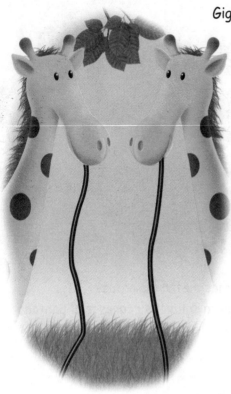

Gigí y Sofía están muy tristes. Tienen unas patas demasiado largas y delgadas y un cuello muy, muy largo.

—¡No aguantamos más!, se quejan con los animales de la sabana. Para ustedes es fácil tomar agua. Sólo tienen que agacharse un poco, sacar la lengua y ¡listo! En cambio, nosotras tenemos que hacer acrobacias. Primero, tenemos que separar nuestras larguísimas patas para que la cabeza llegue al agua. Además, nos arriesgamos a una caída muy dolorosa...

Los antílopes, las gacelas y los regordetes hipopótamos se reúnen. De repente, se les ocurre algo...

—¡En la selva hay unos tubos enormes!, dicen los hipopótamos. ¡Vamos a buscarlos!

En unos instantes, los tubos se instalaron en el estanque; Gigí y Sofía se acomodaron sobre unas raíces secas para llegar hasta los tubos y ¡sorber a través de ellos el agua del estanque!

10 ¡viva la montaña!

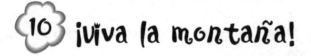

En la casa de las arañas se teje, se hila y se trenza mucho esta mañana. ¿Acaso se trata de un concurso de telarañas? ¿O estarán construyendo casas nuevas, especiales para arañas? ¡Nada de esto! ¡Se preparan para irse a la montaña! Por eso, tejen y tejen para levantar un gran muro para escalar.

—¡Yo también quiero ir!, repite Espirela.

—Pero todavía estás muy chiquita, le responde Twiggy. No podrás escalar tan alto...

Las arañas se dan vuelta, giran y trepan cada vez más alto por la telaraña que hicieron para escalar. De pronto, Twiggy se enreda y queda envuelta en la red como si fuera un salchichón, ¡no puede moverse ni un centímetro!

—¡Les voy a demostrar que no estoy tan chiquita como dicen!, murmura Espirela. Y ¡chis!, la arañita va a rescatar a la otra araña y con sus ágiles patas retira los hilos que envuelven a la gran Twiggy.

—¡Gracias, Espirela!, exclama Twiggy. En realidad, parece que sí te necesitaremos en la montaña... Bueno, ¡especialmente yo!

11 Las mejores amigas del mundo

Un día, al caer la noche, Murci se encuentra con Mili, la ratita blanca.

—¡Es increíble cómo nos parecemos!, dice Murci. Si tuvieras dos alas iguales a las mías, seríamos ¡casi hermanas gemelas!

Mili se pone muy contenta: finalmente, encontró una familia.

Ya hace mucho que las dos amigas están platicando, cuando Mili empieza a bostezar.

—¡Uy! ¡Qué día tan largo! ¡Vámonos a dormir!, propone Mili.

—Pero, ¡si el día apenas comienza!, protesta Murci. La noche es joven...

Las dos amigas están afligidas porque ¡una duerme de día y la otra de noche!

—Te invito a mi cueva, le propone Murci. Te puedes acomodar por ahí.

—¡Pero nunca podré dormir con la cabeza hacia abajo!

—¡No te preocupes, ratoncita! Tú dormirás en uno de los huecos de la roca. Así, estaremos juntas en la mañana y en la noche.

—¡Genial!, dice Mili. ¡Seremos las mejores amigas del mundo!

12 ¡A comer!

Pingüi tiene seis meses: todavía está completamente cubierto de plumas. Sus papás le prohibieron zambullirse en el agua fría.

—Pingüi, el agua aún se queda en tus plumas. Si te mojas, ¡estarás muy pesado y te ahogarás!

Entonces, durante todo el día, Pingüi se queda en el fondo de su cuevita en la roca, muy calientito. ¡No tiene miedo! En la tarde, sale de su cueva, se pavonea hasta el borde de la bahía, y espera... cada vez más impaciente. Espera el regreso de sus papás, que esta mañana se fueron muy temprano a pescar.

Pero ellos vuelven muy tarde, tan tarde...
Pingüi empieza a preocuparse:
y si ya no vuelven, y si...
Pero de repente, una cabeza se asoma
en el agua, luego otra... ¡sí!, ¡son ellos!
Papá y mamá Pingüino regresan,
cargados de pescados para alimentar
a su pequeño Pingüi.

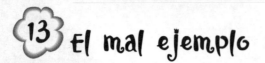

13 El mal ejemplo

¡Qué guapo se ve Pincitas con su caparazón rojo, ligeramente aterciopelado! Todas las señoras cangrejo están locas por él. Pero Pincitas ni siquiera las mira, él ama y adora a Estrellita, la estrella de mar.

Por supuesto que Estrellita ni siquiera se fija en él: ella es orgullosa y arrogante.

¿Cómo podría ella interesarse en un cangrejo?

Pincitas está desesperado:

—Me siento ridículo por caminar hacia atrás.

En cambio, ella se mueve con tanta gracia,

es tan frágil, tan hermosa...

Una tarde, Pincitas llora, triste y melancólico,

en los huecos de su roca. Un hombre pasa por ahí.

Va cantando, borrachito de whisky, y tira la botella

muy cerca de Pincitas.

Pincitas bebe una sola gota y ¡queda todo mareado!

Muy valiente, sale a cortejar a su hermosa dama.

—¡Miren, es extraordinario! ¡Pincitas camina derecho!,

exclaman los demás cangrejos.

14 Mi amigo

Un viejo lobo, lastimado y sin pelo, se aproxima a una pradera que está en la cima de la montaña.

Tiene hambre y sed, y ¿qué es lo que ve? ¡Un rebaño de ovejas regordetas!

—¡Me voy a comer diez ovejas de un solo bocado!, gruñe acercándose despacio... cojeando porque le duele la pata.

El pastor es viejo, tan viejo que no ve casi nada. Al ver al lobo, exclama:

—¡Joyita! ¡Regresaste! ¡Ven, perrito, ven con tu amo!

El viejo lobo está sorprendido. ¿Acaso el pastor lo confunde con su perro? ¡Qué extraño!

Pero, la pata le duele tanto que quizás el pastor lo pueda curar.

Este pastor parece muy amable.

El lobo se acerca, el pastor lo acaricia, le toca la pata y le dice:

—¡Qué barbaridad! ¡Estás sangrando! Ven, te voy a lavar esa herida, y verás que en uno o dos días estarás perfectamente.

El lobo se deja mimar y piensa:

—Aprovecho para descansar un poco y, en dos o tres días, ¡ya podré comerme a las ovejas! • • •

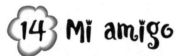

15 El lobo que se convirtió en pastor

Pasa un día, luego otro... Pasa una semana, y pasa un mes.
El lobo sigue ahí.
Al principio, las ovejas se asustaron muchísimo.
—¡Ese viejo pastor se volvió loco! ¡Va a permitir que nos devoren!
Después, al pasar el tiempo, las ovejas se acostumbraron al olor
de ese lobo tan raro. El lobo se volvió hermoso: su pelaje brilla,
su vista está vivaz. A menudo, él observa el rebaño
lamiéndose los bigotes... suspira, luego entra en el refugio
del pastor. El verano se termina, ¡hay que volver al pueblo!
Una mañana, el viejo pastor le dice mientras lo acaricia:
—¡Ayúdame a reunir el rebaño! Se acerca el invierno... Adiós,
amigo, hoy nos regresamos al pueblo.
El lobo corre, reúne al rebaño, lo guía hacia el camino que baja
al pueblo por el valle. ¡No se le olvida ni una sola oveja! El rebaño
ya casi llega al pueblo. El lobo mira por última vez a su amigo, el pastor,
luego emite un largo aullido mientras se pierde en la montaña.

16 El viejo cuervo

Grancuervo está consternado: todos sus hermanos y hermanas dejaron el lugar. Es el último cuervo
que queda en el pueblo. Mañana es su cumpleaños pero, ¿quién estará ahí para abrazarlo?
—¡Nosotros estaremos contigo!, silban a coro sus amigos los mirlos.
—Me hubiera gustado tanto ver a todos mis primos, mis hermanos y hermanas, con sus plumas
y sus hermosos picos tan negros y tan brillantes, cantarme "Croa, croa a ti, croa, croa a ti". Los mirlos
están verdaderamente desilusionados: ¿qué tienen que hacer para que el viejo cuervo esté contento?
—Toda su familia se fue tan lejos... ¡Tenemos que encontrar
una solución!
Durante toda la noche se escuchan ruidos
de tijeras, de papeles plegados, de pinceles
húmedos, que se deslizan sobre cartón
y plumas...
Por la mañana, el viejo cuervo abre un ojo
y ¿qué es lo que ve? ¡Todos los pájaros
de Bosquelindo se disfrazaron de cuervos!
Están todos ahí, negros, con los picos
brillantes y graznan a coro: "Croa, croa, croa,
croa a ti, croa, croa, croa, croa a ti, que los
cumplas, que los cumplas,
que los cumplas feliz..."

17 Los caprichos

Bella vive en un lugar muy cálido. Es una cabrita muy hermosa.
Quiere mucho a su amigo Nico, pero como ella es muy caprichosa, siempre le pide
que haga increíbles hazañas.

—Si de verdad me quieres, tienes que traerme esos brotes
tan tiernos, que están en la parte más alta del olivo,
le dice una mañana.

Sin dudarlo ni un minuto, Nico se trepa al árbol y sube,
sube, cuando de repente, ¡CRAAAACCCC!, la rama
se quiebra... y Nico se cae a suelo. Bella está asustadísima
porque Nico no se mueve en lo más mínimo.

—¡Nico!, ¡Nico!, ¿te lastimaste? ¡Despiértate! Te prometo
que nunca más me pondré caprichosa... ¡Despiértate!
Nico abre un ojo:

—¿Me lo prometes?

—¡Te lo prometo!

¡Ufff! Bella está tan contenta que le da a Nico un gran beso
ruidoso en la nariz.

18 Rescate

Titú se resbaló por el hoyo de un desagüe. Se queja tanto que parte el alma.

—¿Qué estás haciendo ahí?, lo regaña una voz gruesa.

¡Qué horror! Ahí está Alberto el gato. Titú llora: este salvaje me va a devorar, se dice el perrito.

—Me... me perdí, contesta Titú.

—¡Yo a ti te conozco!, replica Alberto. ¡Ajá! De hecho, estás bastante lejos de tu casa. ¡Sal de ahí!
Yo te acompaño a tu casa.

Titú avanza tímidamente...

—¡Apúrate!, gruñe Alberto. ¡Tengo muchas otras cosas que hacer!
Ni bien Titú sale de su escondite, Alberto lo toma del pellejo
del cuello y ¡hop!, ¡en marcha! Un poco más tarde, deposita
su carga frente a la casa de Garú, el terrible buldog,
y desaparece en un abrir y cerrar de ojos.

—Papá, papá, mira, ¡estoy acá!, grita Titú. Alberto
me encontró.

—¿Alberto? ¡Ya deja de mentir, Titú! Tú bien sabes
que a Alberto no le gustan los perros, y menos los
ayudaría. ¿Dónde andabas, pequeño bandido?
Pero Titú dijo la verdad: ¡el gran minino fue muy
bueno con él!

19 ¡Hmmm...! ¡Qué ricos helados!

A Jano, el perro siberiano, no le gusta para nada la ciudad donde vive.

—Un perro como yo debería vivir en la nieve y el hielo, se lamenta todos los días. ¡Acá hace mucho calor!

Un día, un camión se detiene junto a él. Un hombre sostiene un micrófono y grita: "¡Descubra La Siberia, los helados más deliciosos que jamás haya probado!"

—¡Exactamente! Ése es el lugar donde yo debo vivir, exclama Jano. ¡Debe ser un sitio maravilloso!

De un brinco, se mete en el camión que arranca inmediatamente. Cuando llega la noche, el camión se detiene.

—¡Ya llegué a la Siberia!, dice Jano. La puerta se abre... pero lamentablemente, Jano sigue en la ciudad...

—¿Y ahora? ¿Qué estás haciendo ahí?, le pregunta el vendedor de helados. Tú eres un verdadero perro de clima frío, ¡te voy a adoptar!

A partir del siguiente día, el heladero recorre la ciudad gritando: "¡Descubra La Siberia, los deliciosos helados de Jano el siberiano!"

Jano no tiene las patas en la nieve, pero todos los días saborea excelentes helados de mil gustos distintos...

20 ¡Uu, uu, el invierno se aproxima!

Pronto llegará el invierno: Bú, el búho, se quedó mudo. En las noches, ya no se escucha el "¡UU, UU!" desde el gran roble.

Desgraciadamente, todo el mundo en Bosquelindo parece dormir, incluso él. Lulú, la lechuza, se queda en el hueco de su árbol. La ardilla también está guarecida, porque hace mucho frío, ahora. Y las abejas se fueron a su colmena.

—¿Están todos dormidos? ¿Están todos dormidos?, grazna la urraca.

Pero nadie le responde.

—¿Están todos dormidos? ¿Están todos dormidos?, repite la urraca.

—Pero, ¡ya cállate!, le grita Bú. Ya sabes que se acerca el invierno. Espérate a la primavera igual que Lulú, yo y los demás. ¡Ya verás! ¡Volveremos a cantar aún más fuerte que este año, para celebrar la llegada del buen tiempo!

21 Termidor, ¡el borriquillo repartidor!

Todas las mañanas, Termidor, el burrito del molino, ve salir a su papá cargado como un burro. Y, todas las noches, ¡regresa muy cansado!

—¿Por qué estás tan cansado?, le pregunta Termidor a su papá.

—Lo que yo cargo es muy pesado y el camino está lleno de piedras, le explica su papá, pero ¡ya estoy acostumbrado!

Entonces, Termidor reúne a sus amigos y les dice:

—Nuestros papás están cansados porque tienen que cargar demasiada harina. Y nosotros, en cambio, nos quedamos todo el día correteando en el campo. ¿Y si los ayudamos?

—Pero, ¿cómo hacemos?, pregunta Lú.

—Cada uno de nosotros puede llevar un paquete de harina y así podríamos ir a todos lados con nuestros papás, agrega Esteban.

—Además, podríamos estar con ellos todo el día, añade Lú.

Todos los borriquillos aplauden la propuesta, y, al día siguiente, una manada de burros se va trotando por el campo y, entre una entrega y otra, los chiquillos se divierten un poco. Y, en las noches, ¡los papás están listos para jugar con sus hijos!

22 Una boda en el bosque

¡Hoy se casa Julieta la topo! Todos los animales están invitados a la ceremonia.

¡Qué divertido! En el bosque, ¡todo el mundo está muy ocupado!

Hay tantas cosas que preparar: las avellanas para el banquete, las bayas para el gran pastel, un buen jarabe de ciruelas muy dulces, jugo de uvas bien maduras.

—Pero, ¿quién es el novio?, pregunta el hurón. ¡Es fantástico!

— Seguramente ustedes lo conocen. Es Armando, el simpático ratón blanco, responde la urraca que siempre lo sabe todo.

—¡Qué extraña pareja!, dice la lombriz. Él vive en el campo y ella bajo la tierra. ¿Cómo harán para encontrarse? Ustedes ya saben que Julieta ¡es miope!

La novia se pondrá lentes. Armando estará muy pendiente de ella. No dejará sus binoculares y acudirá corriendo ante cualquier llamado de su Julieta.

23 Los bomboncitos de colores

¡Qué conmoción hay en el bosque! ¡Nos preguntamos por qué!, dice la golondrina, que acaba de llegar después de pasar el largo invierno en Marruecos.

—¡Apúrate!, le dice la comadreja. Ven a ver a los bebés de Julieta. Les voy a llevar unos chupetes de regalo y un racimo de chalotes.

—Me pregunto si Armando llegará a tiempo. Pero dime, ¿cuántos bebés son?, pregunta el erizo, Bernardo.

—¡Son cuatro bebés con lentes! Dos de color marrón oscuro como Julieta y dos muy, muy blancos, igual que Armando.

¡El festejo está muy divertido!

—¡Es algo único, fantástico!, dice el búho mientras emite un fuerte "uu uu".

Y esos bomboncitos de colores se llaman Topita, Ratita, Escurridizo y Corredor.

24 Una sorpresa para Bao, la boa

—¿Adónde vas, Tití?, grita Bao cuando lo ve pasar.

—¡Es un secreto!, le responde Tití.

Intrigada, Bao lo sigue arrastrándose por el suelo. Pero Tití va tan rápido que parece volar. Y Bao se encuentra frente a una enorme roca. Contrariada, Bao emprende el camino de regreso. Al día siguiente, le cuenta sus desgracias a la vaca Hermelinda.

—Conozco la manera de entrar al escondite de Tití, le dice la vaca. Pero sólo podría acompañarte hasta mañana.

—¿Hasta mañana? ¡Falta mucho para mañana!, dice Bao enroscándose.

A primera hora, Bao va corriendo a buscar a Hermelinda.

—¡Vámonos!, le dice la vaca. Sólo tenemos que rodear la gran roca. Así, Bao y Hermelinda llegan a la entrada del escondrijo de Tití. Bao se dirige hacia una lucecita...

—¡Feliz cumpleaños!, gritan a coro sus amigos, reunidos alrededor de un enorme pastel sobre el que cada uno puso una velita.

—¡Yo pensé que ya no me querían!, dice Bao llorando de alegría. ¡Es el mejor cumpleaños que he tenido!

25 Un gato montés domesticado

Tarzán es un gato montés... ¡muy salvaje! En el bosque, pocos animales se le acercan, pues parece quererlos atacar. Va de rama en rama y cuando siente que alguien se aproxima, él se aleja. ¡Pero hoy no es así!, porque un dulce aroma a flores le hace agradables cosquillas en la nariz. Entonces, sigue ese olor cuando, de repente, oye un maullido que nunca antes había escuchado...

Tarzán atraviesa el camino y llega justo frente a Mina, una preciosa gatita de alcantarilla. Mina, por la sorpresa, da un brinco hacia atrás, y Tarzán, ya no sabe ni qué decir.

—¡Miau!, estoy perdida, le dice Mina muy coqueta.

—¿Cómo puedes perderte en este bosque?, le pregunta el gato.

Mina le cuenta cómo es la ciudad, con sus calles iluminadas y la solidaridad entre los gatos urbanos. Entonces, Tarzán le ofrece acompañarla hasta la entrada a la ciudad, si ella le promete regresar a visitarlo...

Ahora, Tarzán ya no se aleja cuando siente la presencia de un extraño, pues espera a Mina y ¡no quiere faltar a la cita!

26 Una paloma caprichosa

—¡Ángela!, grita mamá. ¡Dulce palomita, tráeme unas ramitas de olivo!

—¡No!, le responde Ángela. ¡No quiero!

—¡Ángela!, le dice papá, atareado. ¡Necesito unas ramas de olivo!

—¡No!, ¡no tengo ganas de hacer nada!, exclama Ángela sentada sobre su rama.

En la rama que está arriba de ella, discuten dos palomos:

—¡Bueno!, para ser una paloma es bastante desagradable, comenta el primero.

—¡Tienes razón! Una blanca paloma ¡debe cantar!, y no hacer esos espantosos ruidos "¡No! ¡No!". ¡Vámonos de aquí!, dice el segundo palomo.

¡Ángela está muy ofendida! Pero al regresar a su casa, ¡qué sorpresa! Escucha que uno de los palomos les dice a sus papás:

—¡Aquí tiene, señora Paloma! Ángela perdió esta rama y estas aceitunas en el camino. ¡Debe estar buscándolas!

Ángela llega muy avergonzada y el señor Palomo le guiña el ojo. Ángela le agradece con un gran "Cucurrucú". Ya aprendió la lección: no volverá a decir "NO".

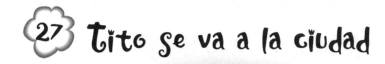

27 Tito se va a la ciudad

Lo que más le gusta a Tito, el jabalí, es desenterrar los bulbos de las flores salvajes que están en el bosque.
¡Pero no tiene suerte! En primavera, la familia se muda a la ciudad. Entonces, ¡los deliciosos bulbos
se acaban para él!
Sólo hay asfalto y cemento, ¡y eso no le gusta! En la ciudad, Tito descubre un parque. Brinca la reja
que protege a los tulipanes y a los narcisos, luego, con sus dos grandes dientes afuera, escarba la tierra...
y se come los bulbos. De pronto, un silbatazo lo interrumpe.
¡El guardián del parque está muy enojado! Tito se escapa corriendo para contarle a su mamá jabalí.
Después de una larga discusión, papá y mamá le prohíben regresar al parque y le explican:
—Te prometemos que el domingo iremos al bosque y podrás hacer lo que quieras. Tito entendió la situación:
está permitido comerse los bulbos salvajes, pero los de los jardines tan cuidados, ¡no se pueden tocar!

28 Vic, la lombriz astuta

Vic busca un refugio bajo el manzano para que en el otoño pueda meterse en una manzana.
Busca una entrada y no ve cuando llega el pájaro que se lo lleva inmediatamente en su pico.
—Señor pájaro, le dice la lombriz, ¡míreme bien! Estoy tan flaco
que no sirvo para alimentar a sus hijitos. ¡Tengo tanta hambre!
¡Déjeme comer un poquito más y luego regrese por mí!
—¡Eres bastante listo, tú! ¡Mira ese bonito huerto! Te dejo aquí
y luego vengo a buscarte.
Y el pájaro suelta a Vic, quien cae sobre una hermosa manzana roja.
—¿Hay alguien aquí?, pregunta la lombriz al ver un túnel.
—Pasa, le dice Vera, una encantadora lombricita. Aquí hay lugar
para los dos. ¡Cuéntame de dónde vienes!
Cuando Vic le contó su historia, Vera simplemente dijo:
—Ese pájaro debe ser un chorlito y, cuando se tiene cabeza de chorlito,
¡uno se olvida de todo! ¡Estaremos tranquilos todo el invierno!

29 La osita y la mariposa

Tara, la osita, se pasea por la orilla del río cuando se encuentra con una bella mariposa.

—¡Ay! ¡No pude!, dice Tara al intentar atraparla.

De flor en flor, la mariposa lleva a Tara cada vez más cerca de la orilla

y Tara, imprudente, apoya el pie sobre un tronco que no está fijo.

Al hacer un último intento por atraparla, Tara empuja con su peso el tronco

y se aleja de la orilla mientras que la mariposita vuela sobre el agua.

A Tara le parece divertido este paseo por el río.

Recoge una rama que flota y asusta a los pececitos.

Pero el tronco avanza un poco más rápido y Tara se pregunta adónde irá.

30 El circo de Tara

Tara, la osita, se olvidó de su mariposa. Haciendo equilibrio sobre el gran tronco del árbol, lo hace rodar tal y como lo vio en el circo.

—¡Soy la reina del circo!, exclama sobre el tronco que avanza cada vez más rápido.

Lalo, que caminaba junto a la orilla del río, la ve y grita con todas sus fuerzas:

—¡Tara!, ¡acércate a la orilla! ¡Regresa!

Tara saluda con la pata a Lalo. Luego se da cuenta que otros animales también corren junto a la orilla del río haciéndole señas.

La osita se siente muy orgullosa de su número de circo y muy halagada por tener un público tan entusiasta.

¡Le encantaría que esto continuara por siempre!, pero, ¿qué es aquello tan raro que se ve en el río? Tara empieza a preocuparse.

. . .

31 ¡A Tara se le acabó la sonrisa!

En el horizonte, parece que unas grandes rocas obstaculizan el río. ¡A Tara se le acaba la sonrisa! Se acuerda de que el río termina en una inmensa cascada. La cascada de los peces azules adonde mamá la llevaba a nadar.

Desde la orilla, Lalo, muy agitado, le grita:

—¡Salta hacia las rocas!

Tara entendió lo que estaba pasando y, con todas las fuerzas de sus hábiles patas, hizo girar el tronco para que se detuviera entre las dos rocas.

A penas le alcanzó el tiempo para brincar sobre una piedra plana. ¡Papá la está esperando ahí! El papá le tiende la pata para que pase de roca en roca hasta llegar a la orilla.

—¡Nos asustaste mucho!, le dice a Tara mientras le da un abrazo de oso.

—¡Sí! Pero para hacer rodar los troncos, ¡Tara es la campeona!, dice Lalo con gran admiración...

¡Shhh! Lalo está enamorado...

1 Luki y los dromedarios

Luki, el changuito, lleva ya varios minutos saltando alrededor de la caravana que acaba de llegar al oasis.

—¿Se van a quedar mucho tiempo?, le pregunta a Armando,
el dromedario.

—Venimos a tomar reservas de agua, responde el animal
de la joroba.

—¿Dónde guardan las reservas?, pregunta Luki.

—En mi joroba, dice Armando.

—¿Reservas para cuánto tiempo?, interroga Luki.

—Para una larga caminata en el desierto,
le responde Armando entre dos tragos de agua.
Poco a poco la joroba empieza a levantarse sobre
la espalda de Armando, como si estuviera
llenándose de agua. Luki no sabía que alguien
pudiera tomar tanta agua.

—¿Está pesada?, pregunta Luki.

—Mucho menos pesada que la gente que transportamos,
le responde Armando. Ahora, debes dejarme dormir, pues ¡el camino es largo!

...

2 El gran viaje

A la mañana siguiente, Luki llega con una bolsa bien llena sobre la espalda y le explica a Armando:

—¡Estoy listo! Yo también ya tomé mis reservas. ¡Me voy contigo!

¡La ruta es larga y el changuito muy pronto se siente cansado! Ya se ha bebido toda su agua, a pesar de los consejos de Armando.

—¡No puedo más!, se lamenta el changuito. ¡Armando, ten piedad de mí!

—¡Sabes bien que el desierto no está hecho para monos pequeñitos como tú!

—Pero ahora ya estoy aquí, dice Luki, y no puedo regresarme solito.

Por suerte, la noche cae temprano en el desierto y la caravana de hombres y dromedarios se detiene. Luki se ha ganado unas cuantas frutas para alimentarse y calmar su sed.

Y así, al abrigo de la fogata, los dos nuevos amigos se cuentan sus vidas.

...

Noviembre

3 El regreso al oasis

En la mañana, otra caravana se detiene a poca distancia de Luki y Armando.
Armando tiene una idea:
—¡Ven conmigo! Te voy a presentar a Bernabé.
Luki, curioso, salta a la joroba de Armando.
—Bernabé, hermano, tienes que hacerme
un favor. ¿Puedes llevar a Luki al oasis?
Él no puede continuar conmigo este largo viaje.
—¡Será un placer, Luki!, dice Bernabé.
¡Súbete a mi espalda y agárrate bien!
¡Cuando Luki regresa al oasis, lo reciben
como héroe!
—¡Viva Luki, el mono que desafió al desierto!,
gritan los demás monos.
Luki toma una actitud modesta y responde:
—Soy, ante todo, el mono que tiene dos amigos
dromedarios. El primero se llama Armando
y ¡éste es Bernabé!

4 El huevo de Bobbi

Bobbi puso un hermoso huevo, bien redondo. ¡Por nada quiere separarse de él! ¡Las demás pájaras bobas
podrían equivocarse y pensar que el huevo es suyo!
Bobbi se pregunta cómo va a hacer para ir en busca de pescado.
Frank tiene una buena idea:
—¡Tú ve a buscar pescado y mientras yo cuido tu huevo!
—¡Muchas gracias!, dice Bobbi.
Y se va a pescar. Entonces, aparecen los amigos de Frank
y le proponen jugar un partidito de futbol...
—¡Imposible!, dice Frank. Estoy cuidando el huevo de Bobbi.
—¡Ándale, vamos!, insiste Pol.
Frank termina cediendo, pero antes se le ocurre
una buena idea...
Cuando Bobbi regresa, busca por todos lados su hermoso
huevo y en eso ve un huevo color azul con bellos dibujos.
Sobre él hay algo escrito. Dice:
"No toque este huevo. Es mágico; sólo Bobbi
puede empollarlo."

Noviembre

5 El caballito de circo

Por la ventana de la granja, Deseo admira un hermoso caballo con traje de luces que aparece en la televisión.

Maravillado, el potro entra a su casa imitando los pasos de baile de su nuevo ídolo.

—Mamá, dice, ¿sabías que hay caballos que bailan con traje de luces?

—Claro, mi potrillo. Tu tío Oregón se fue con un circo. ¡Bailaba tan bonito! agregó mamá, soñadora.

—¡Yo también quiero bailar! dijo Deseo, relinchando de placer.

—Bueno, pues precisamente mañana el circo estará en el pueblo. ¡Iremos a verlo!

En la mañana, Deseo, impaciente, fue a encontrarse con el circo.

—¡Buenos días, tío Oregón! Soy tu sobrino, dijo el potro. Yo también sé bailar. ¡Mira!

Deseo realizó algunos pasos de lado.

Todo el circo aplaudió.

—Pero si eres muy bueno, comentó el tío Oregón.

Esta tarde bailarás conmigo. ¡Y si practicas mucho, el próximo año te llevo con nosotros!

6 ¡Cuando las gallinas tengan dientes!

En el corral, el nuevo gallo se siente muy orgulloso de su voz.

Pero, después de tres días de un despertar muy, pero muy ruidoso, todo el mundo está harto.

Después de mucho cacareo, las gallinas designan a Polly para que hable con él.

—¿Cuándo vas a dejar descansar a nuestros oídos por la mañana?, le pregunta Polly seseando.

—¡Dejaré de hacerlo cuando las gallinas tengan dientes!

Polly suelta una carcajada:

—¿Me lo prometes?

—¡Soy un gallo de palabra! Dice el pretencioso gallo. ¡Cuando las gallinas tengan dientes! Todos saben que eso significa "nunca". El desdichado gallo no sabe que Polly es la única gallina que tiene un pequeño diente justo en la punta de su pico. ¡Por eso sesea! Emocionada, le enseña su diente al gallo.

Avergonzado, el gallo hace su maleta y decide irse.

Entonces, Polly, amablemente, le propone quedarse con la condición de que sólo cante una vez a la semana.

—¡Asunto arreglado!, canta el gallo a todo pulmón.

7 Un caribú ambicioso

Ahora, Ranyi tiene grandes cuernos, perfectos para atemorizar al enemigo. Pero el joven caribú no ve nada, pues dos orejas muy grandes le tapan el camino.

—¡Ranyi!, levanta tus orejas y ponte lentes, bromean los demás caribús.

Ranyi no los escucha. Le pregunta al jefe de la manada:

—¿Puedo guiar la manada?

Pero el gran jefe le responde:

—Con tus orejas, ¡nos perderías en el bosque!

Ranyi camina, muy triste, detrás del jefe.

De pronto, su vecina le da una idea:

—¿Y si te amarraras las orejas con una hierba grande?

Tara ayuda a Ranyi a atar sus dos enormes orejas. Él está feliz.

—¡No sólo veo todo, sino que además escucho mucho mejor!

El gran jefe se da vuelta:

—Ahora, Ranyi, ya puedes guiar a la manada.

De acuerdo, gran jefe, pero ¡sólo si Tara camina a mi lado!

8 ¡Denis, el pavo enfermo!

Denis sale de casa para ir a picotear algunas semillas a la plaza del pueblo.

—¡Gluglú! ¡Buenos días, Denis!, le susurra Gudulia al pasar.

—¡Gggggg!

¡Qué catástrofe!, ni un solo "gluglú". ¡Denis está afónico! No sale el más mínimo sonido de su boca. Muy molesto, se va a su casa. Busca por todos lados y... ni un pequeño grano de trigo o de maíz.

Denis se acuesta, desesperado. Gudulia, quien se da cuenta de que algo sucede, toca a su puerta y entra sin esperar respuesta... ¡pues ella conoce bien a su pavo favorito! ¡No quiere ver a nadie! Entonces, ella lo tranquiliza:

—¿Y si llamara al doctor Gallo? ¿Tú qué piensas?

Denis piensa mucho, pero ¡no puede hablar! La joven pavo, de inmediato consigue ¡doctor, jarabe y compresas!... Al poco tiempo, se escucha:

—¡GluGluGLÚ! ¡Me salvaste la vida!

—Si me estás proponiendo matrimonio, acepto, ¡palabra de pavo!, exclama Gudulia, que siempre es tan veloz.

9 Los pequeños cervatillos

Dando brincos por el bosque, dos pequeños cervatillos se cuentan
historias de sus papás:
—Mi papá Ciervo, es más grande que tu papá Corzo,
le dice Bosquecito a Cervatín.
—¡Sí! Pero mi papá Corzo corre más rápido que tu
papá Ciervo, responde Cervatín.
Y en eso, un bramido resuena en el bosque,
y Bosquecito exclama:
—¡Es mi papá!
—¡Vamos a ver!, dijo Cervatín.
A papá Ciervo se le atoraron los grandes cuernos
en un matorral muy espinoso. Ya no puede zafarse.
Cervatín se fue corriendo a toda velocidad a buscar
a su papá Corzo y Bosquecito se quedó con el suyo.
—¡Rápido, papá!, dice Cervatín, estoy seguro de que tú puedes ayudar a papá Ciervo.
—¡Pero es mucho más grande que yo! dice papá Corzo.
—¡Sí, pero Bosquecito es mi amigo! Tenemos que hacer algo.
—¡Está bien!, dijo papá corzo. ¡Vamos!
¡Papá Corzo apenas logra seguir a Cervatín, que va saltando precipitadamente por el bosque!

•••

10 La solidaridad entre los papás

La familia Corzo llega finalmente al matorral. "¡Ahí están!", grita Bosquecito. "¿De qué sirve?", dice papá
Ciervo, decepcionado. Papá Corzo, que había escuchado todo, explica:
—Con mis dos pequeños cuernos puntiagudos voy a intentar sacar sus grandes e increíbles cuernos.
Y papá Corzo, haciendo pequeños movimientos de cabeza en el matorral, logra poco a poco sacar un cuerno
y luego el otro. Y así, papá Ciervo sale con la cabeza en alto:
—¿Cómo podré agradecerle?, le dice a su salvador.

—Pues bien, con sus cuernos, que son mucho más grandes
que los míos, podrá tirar algunas bayas para la cena
de esta noche, ¡y venir a compartirlas con nosotros!
¡Apenas dicho esto, se puso a la obra! Camino
a casa, los pequeños cervatillos
continuaron su discusión.
—¡Es bueno tener un papá grande para
alcanzar las bayas!, dice el pequeño corzo.
—¡Sí! ¡Pero siempre necesitamos a alguien
más pequeño que uno!, dijo el pequeño ciervo.

11 Pit y Pat

Pat, la paloma, tiene la costumbre de levantarse primero todas las mañanas. ¡Excepto esa mañana!
Pit ya está levantado y no deja de retroceder frente al espejo. Se da vuelta, levanta una pata
y alisa sus bellas plumas de palomo.

—¿Por qué te admiras de esa manera?, le pregunta Pat. ¿Y eso?
¿Traes un anillo en la pata? ¿Nos vamos a casar, es eso?

—¡Todavía no! Le responde Pit de inmediato. ¡Antes, tengo
que cumplir con una misión muy importante! Debo partir
a todo vuelo para prevenir a una lejana colonia de palomas
de que un huracán se aproxima a su región.

Pat se queda atónita: su querido Pit acaba de ser
nombrado "¡¡¡paloma mensajera!!!" Pero antes de volar alto
por el cielo, le cuchichea a su dulce paloma:
"Regreso lo más pronto que pueda... Mientras tanto,
¡prepara nuestra boda!"

12 Señor Pickwick

Una mañana, al despertarse, el Sr. Pickwick tomó una sabia decisión.
—Estoy envejeciendo, mis viejos huesos de hámster se volvieron frágiles, suspira en su pequeña jaula.
¡Se terminaron las vueltas en la rueda! ¡A partir de ahora, sólo haré
un poco de gimnasia para mantenerme en forma!
El Sr. Pickwick siempre tenía las palabras correctas,
pero ¿qué haría ahora con su bella rueda? El hámster
reflexionó y rápidamente encontró una muy buena
solución...
—Ya que casi no puedo moverme, les voy a dar
vueltas gratuitas en la rueda a los ratones
que me traigan a cambio semillas de girasol.
¡Así, todo el mundo quedará contento!
Dicho esto, puso su plan en práctica:
el hámster colocó un letrerito en la rueda:
   2 VUELTAS DE RUEDA GRATUITAS
      A CAMBIO DE 10 SEMILLAS
¡Se formó una larga cola frente a la jaula
del Sr. Pickwick! Los ratones esperan impacientes
en fila india a que llegue su turno, y un gran montón
de semillas tapiza su casa. **...**

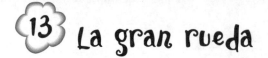

(13) La gran rueda

—Parece ser muy divertido subirse a la gran rueda, murmuran Lilí y Lola, muy tristes. Pero nosotras no tenemos semillas para darle al Sr. Pickwick. Somos muy pobres...

—¡La cabeza me da vueltas! se lamenta Lilí frente a la jaula del hámster.

Ya vimos demasiado cómo se divierten los demás. ¡Vamos a acostarnos!

¡El Sr. Pickwick escuchó todo y también comprendió todo!

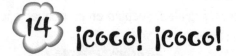

—Si su cabeza ya no les da tantas vueltas, las invito a dar una vuelta en la rueda, pero vengan rápido, pues me estoy cayendo de sueño...

La cabeza de Lilí ya está mucho mejor y ¡zuum! las ratonas dan vueltas en un sentido y ¡zuum!, ¡dan vueltas en el otro sentido!

—Gracias, Sr. Pickwick, dicen, exhaustas. Pero no podremos pagarle nunca, nosotras...

—¡Shhh!, responde el hámster, ¡ése será nuestro secreto! ¡Las espero aquí todos los viernes en la noche, después del cierre!

Lilí y Lola aceptaron la propuesta, pero cada viernes llegan con un regalito... y hoy trajeron plumas muy suaves de pájaro para la almohada de su viejo amigo.

(14) ¡Coco! ¡Coco!

En cierta casa, Coco es un perico muy preciado... Una mañana de otoño, postrado sobre el borde de una ventana, se divierte repitiendo: "¡Qué bonito día! ¡Coco se llena de alegría!" Un poco más tarde, el perico escucha que dos hombres extraños murmuran cerca de la casa: "Esta noche, nos ocupamos de los cuadros." ¡Coco no puede creer lo que escuchan sus oídos de perico! Rápidamente, se prepara para encontrar las palabras adecuadas para prevenir a sus amos...

—¡Se van a robar los cuadros! ¡Se van a robar los cuadros! les repite, nervioso.

—Inquietos, sus amos le enseñan de inmediato una nueva frase... El perico escucha y practica hasta muy noche. Finalmente, a media noche, los dos malvados señores regresan, como lo habían planeado, para llevarse los cuadros... Pero Coco los recibe rápidamente diciendo con una voz punzante:

—¡Ahí está la policía! ¡Ahí está la policía!

¡Los ladrones se escaparon a toda prisa! Coco es un perico parlanchín, pero también es un excelente perro guardián!

¡Betina no quiere saber de despertadores!

Betina y Jacinta golpean el piso con la pezuña; ya están hartas de que las despierten a las 6 de la mañana, ¡todos los días de su vida!

—¡Por supuesto que queremos darles nuestra rica leche de vaca, pero no tan temprano! ¡Queremos dormir dos horas más!

¡Todas sus amigas están de acuerdo con ellas! Entonces, cuando Betina se encuentra a Milo y a Nino, sus amigos ratoncitos, los llama de inmediato:

—Ya que ustedes pueden andar por todos lados, háganos un gran favor, ¡cambien todos los péndulos, despertadores y relojes de la granja!

—¡Vamos corriendo!, responden los ratoncitos.

Betina y sus amigas recuperan la sonrisa y se van a dormir felices, pensando que finalmente podrán dormir hasta muy tarde...

Desafortunadamente, a la mañana siguiente, con las primeras luces del día, ningún despertador sonó a las 6 de la mañana, pero en su lugar se escuchó un ¡QUIQUIRIQUÍ! ensordecedor...

¡Oh, no! Milo y Nino sólo habían olvidado un detalle, ¡avisarle a Rocco, el gallo!

Sin embargo, Rocco prometió que no volvería a cantar hasta que las vacas abrieran el ojo...

16 La noche de Turrón

¡Plic! ¡Ploc! ¡Plic! ¡Ploc!

—¡Estoy harto de ese viento! Protesta el amo de Turrón. Todavía hay una teja mal puesta en el techo. Y ahora, ¡está lloviendo dentro del granero!

Turrón, el gato, que estaba recostado bajo el radiador, levanta la mirada hacia el cielo y piensa:

—¡Mi amo tiene miedo de todo! Miedo de que me lastime, de que me haga daño la comida y, ahora, le tiene miedo al viento... ¡Miau! ¡Miauuuuuuu!

En eso, Turrón reconoce la voz de su banda de amigos. Se precipita a la ventana y luego va a frotarse contra las piernas de su amo para que lo deje salir.

—¡No, mi adorado gatito!, murmura el amo. El clima está muy feo allá afuera...

¡Turrón ya está cansado de este papá gallina! Entonces, espera sin hacer aspavientos hasta que éste duerma y luego se va corriendo al granero. El gato levanta, sin hacer ruido, la teja mal puesta y ¡zuum! salta al techo...

—¡La noche es nuestra!, le dice Turrón a sus amigos. ¡Vamos a divertirnos mucho!

17 Vecinos de cuatro patas

Linda no lo puede creer, frente a la reja de su casa hay un perrito chihuahua, está ahí sentado y lanza pequeños aullidos.

—¡Ven!, dice la niñita, tomando al perrito entre sus brazos. Te voy a dar una rica leche...

Cuida al cachorrito, lo acaricia, pero no hay nada que hacer: aúlla cada vez más fuerte.

—¡Este perro está abandonado o perdido!, dice el padre de Linda. Llevémoslo a la Sociedad Protectora de Animales. Linda se queja, llora de tristeza, cuando de pronto ¡ding! ¡dong! alguien toca a la puerta. Un hombre, una mujer y su perrita aparecen en la entrada.

—¡Buenos días!, dicen el señor y la señora. Somos sus nuevos vecinos y ésta es nuestra perrita Caramelo... Espero que no vaya a...

¡Guau! ¡Guau! ¡Guau!

¡Qué bullicio se hizo en casa de Linda! ¡El cachorrito y su mamá chihuahua acaban de encontrarse! Y, para festejar su reencuentro, todo el mundo brinda: los humanos con un delicioso jugo de frutas y los perros con una leche bien fresca...

18 El secreto de Polo

Hoy, en la sabana, la maestra Trompita organiza una excursión a los pantanos.
—¡Elefantes!, grita la maestra elefante. ¡Fórmense en fila india para poder irnos a las ciénegas! ¡Enrollen bien su trompa en la cola del elefante que está frente a ustedes! Así, ¡nadie se perderá!
Todos los elefantes obedecieron, excepto Polo...
—¡Ji! ¡Ji! ¡No!, le grita a su vecino de atrás. ¡No me toques!
¡Me haces cosquillas!
La maestra Trompita se dio cuenta de todo: Polo jamás avanzará de ese modo...
—¡Ven a caminar junto a mí!, le dijo la maestra, suspirando.
Polo se precipita y empieza a caminar con orgullo,
¡con cadencia!
¡Qué tramposo, este Polo! Nunca ha sido cosquilludo,
lo que pasa es que está enamorado de la maestra Trompita...
¡Shhh!... ¡Eso es un secreto!

19 ¡Unas abejas muy comprensivas!

Frente al espejo, Melba se prepara.

—¡Ya está! Sólo me falta un poco de perfume y ¡bzzz! ¡Me voy!

¡Hmmm! La abeja huele muy bien... Pero, ¿a dónde se va tan guapa? Al panal vecino...

—¡Hola, buenos días!, dice Melba desde la entrada. ¿Qué frío hace hoy, no?, les dice a las guardianas con alas. Éstas huelen a Melba, la olfatean. Su olor corresponde al del panal: ¡sí puede entrar! Melba vuela discretamente hacia un pequeño libro y se prepara para copiar la receta de una nueva y fabulosa miel. Melba se tarda demasiado tiempo y su perfume se desvanece...

—¡Ladrona!, gritan las abejas del panal, rodeándola. ¡Nos engañaste imitando nuestro olor! ¡Para remediar tu error, vas a tener que limpiar nuestro panal a fondo!

Melba obedece, sacude, lava y ordena... Pero, las abejas son ¡muy comprensivas!

—Toma, prueba nuestra nueva miel, pero la próxima vez ¡pídenosla!

Melba se los prometió, pues ahora las abejas del panal vecino ¡son sus amigas!

20 El traje de Lorenzo

Una mañana, Lorenzo despierta desesperado. Decide rasurarse.

—No importa cuánto tiempo me lleve, exclama el orangután, pero no quiero volver a ver ¡ni un solo pelo en mi pelaje! De ese modo, ¡no habrá más bichitos que se atrevan a hacerme cosquillas!

Sin embargo, Lorenzo no pensó en todo...

—¡Ja! ¡Ja! ¡Ja!, se ríen sus amigos. ¡Pareces un enorme pollo sin plumas! ¡Mírate, tienes la piel de gallina! Además, ¡te vas a raspar todo el cuerpo!

¡Demasiado tarde! Lorenzo no pensó en que efectivamente los pelos lo mantienen calentito y además lo protegen.

—¿Qué va a ser de mí, mientras los pelos me vuelven a crecer?, se lamenta el orangután.

—No te preocupes, le responden sus amigos. Vamos a ver a Gina, la encargada del vestuario del teatro. Ya en la selva, todos reconocen a Lorenzo ¡es el único orangután que lleva puesto un traje de astronauta!

El koala Kaki

¡Kaki es un Koala muy astuto! Hace todo al revés, y habla como si lo hiciera con los pies...

—¡Yo, me llamo Kika! dice Kaki.

—¡No, querido!, le dice su mamá. ¡Tu nombre es Kaki y eres un koala!

—¡Kaola Kika!, responde el sinvergüenza de orejas bien redondas.

Y ahora, allá va Kaki camino a casa del sabio doctor, muy lejos, en la gran planicie.

—¿Qué me va a hacer el doctor?, pregunta Kaki, inquieto.

—¡Sólo va a poner un poquito de orden en tu cabecita!, lo tranquiliza su mamá.

—¡Pero si mi preciosa cabeza está perfecta!

¡Soy un ko-a-la y me llamo Ka-ki!, articula perfectamente el pilluelo.

¡Kaki es un farsante! Tan sólo le gusta jugar con las palabras y, para eso, ¡no se necesita ningún doctor!

La mamá y el hijo se dan la media vuelta, se trepan a su eucalipto preferido y mastican sus jugosas hojas, en silencio... ¡Y sin una sola palabra al revés!

El puente de las ballenas

Moka, la pequeña foca, llega completamente sofocada con su mamá.

—¡Vi a Polo, el monstruo blanco, caerse de un témpano de hielo! ¡Y se agarró a un bloque de hielo que se lo está llevando muy lejos!

A la mamá foca no le agradan demasiado los osos polares, pero aun así no puede dejar solito a Polo en medio del agua congelada...

—Rápido, hijita Moka, dice mamá foca. Vamos a avisarles a nuestras amigas las ballenas.

La pequeña Moka sigue a su mamá, pues ella también quiere salvar a Polo, ¡el gran monstruo blanco! Una vez prevenidas, las ballenas se adentran en el helado mar y encuentran a Polo completamente atemorizado.

—¡Ya no corres peligro!, le gritan las ballenas. Nos vamos a poner unas junto a otras, de esta manera, y tú ¡sólo tienes que cruzar por nuestro puente!

Polo sube una pata, luego dos, y atraviesa el puente de ballenas sin caerse. A partir de ese día, Polo prometió no volver a tocar jamás a una sola foca, más que para darle ¡un besote!

23 La tinta de Pulpa

Pulpa tiene una gran preocupación. En cuanto algo le da miedo ¡lanza tinta! Sus amigos pulpos están muy molestos... Si juegan a las escondidillas o a los encantados entre los arrecifes, siempre sucede lo mismo: Pulpa se sobresalta, se pone temerosa y ¡pschhhh! siempre esparce una nube de tinta sobre sus amigos.

—¡Es imposible jugar con Pulpa!, exclaman enfadados.
Una vez que se les pasa el coraje, los amigos de Pulpa empiezan a pensar en lo que pueden hacer para evitar esta situación.

—¡Ya sé!, grita Carlos. Cuando esté frente a ella, me voy a poner a gritar y, al mismo tiempo, voy a colocar un recipiente delante de su vientre para recolectar su tinta.

—¿Y qué es lo que vas a hacer con su tinta?, responden los demás, muy sorprendidos.

—Le vamos a escribir una bonita carta y, de ese modo, verá que la queremos mucho y que ¡no tiene por qué tener miedo de nosotros! ¡Eso es!

...

24 Carta a Pulpa

¡La idea de Carlos fascina a todos los amigos pulpos! Y todos lo siguen hasta el arrecife de Pulpa.
Tal como estaba previsto, la pulpo se espanta y de inmediato lanza su tinta antes de esconderse...
Entonces, Carlos y sus amigos le escriben una bella carta...

Pulpa, eres la pulpo más buena y más bonita de todas.
Nosotros te adoramos.
Firman, tus amigos del mar.
Luego, Carlos llama a Pulpa con mucha ternura
y le anuncia que el cartero acaba de pasar...
Pulpa lee la carta en voz alta. Pero, su voz
es tan dulce y melódica que los camarones,
los cangrejos y algunos pescados
llegan para escucharla.
Pulpa llora, ¡está muy conmovida!
Luego anuncia:
—Si todos están de acuerdo, podríamos escribir
juntos un libro ¡usando toda nuestra tinta!
Así fue como, poco tiempo después, se abrió
la primera biblioteca submarina...

25 ¡Kangu está harto!

Dentro de su jaula, Kangu rezonga, refunfuña, reniega...

—¡Estoy harto de estar encerrado! Quiero ir al bosque a tomar aire. Saltar entre los árboles, olisquear las flores del bosque, todo eso...

¡Kangu tiene un plan! Y en cuanto el cuidador llega a darle su comida, ¡pum! ¡pum! se escapa de un salto ágil... ¡Nadie pudo atraparlo!

Una vez que había brincado por todo el bosque, olisqueado las flores y roído algunas raíces, ¡Kangu se aburrió!

—No conozco a nadie aquí, gimió desconsolado. No tiene gracia... no puedo hablar con nadie, ni jugar, ni hacer bromas a mis amigos...

El canguro fugitivo emprendió el camino de regreso a casa y, avergonzado, se paró frente a su cuidador...

Pero, ¡Kangu conoce muy bien sus gustos! Así que le llevó muchas nueces de regalo dentro de su gran bolsa... ¡sólo para él!

26 ¡En casa de Santa Claus!

¡Qué escándalo se escucha en los corrales!

—¡No, no y no!, exclaman los patos. Este año, ¡no nos dejaremos desplumar!

—¡Nosotros pensamos lo mismo!, responden los gansos.

—Y nosotros también, agregan los pavos. Este año, nadie nos pondrá sobre su mesa. ¡Nos vamos de viaje durante todas las fiestas navideñas!

Patos y gansos están de acuerdo. Un viaje, sí, pero ¿a dónde?

—¡Vamos al polo Norte a ayudar a Santa Claus!, propone un pavo.

—¡Excelente idea!, exclaman las demás aves. ¡Pero, está muy lejos! Vamos a colarnos en el avión que lleva las miles de cartas a casa de Santa Claus. Apenas dicho, ¡pusieron manos a la obra! Todas las aves del corral emprendieron el vuelo hacia las nubes... En casa de Santa Claus, los duendes están encantados con su ayuda: ¡un buen pico sirve para pegar los timbres, una pata para detener el papel para envolver los regalos y otra para los listones!

Es tan divertido vivir en casa de Santa Claus que ¡todos regresaremos el próximo año! ¡Prometido!

27 ¡Vali salva a quien sea!

Vali es un gran perro Terranova que está entrenado para salvar ahogados. Vali es tan eficaz que ¡nadie puede quedarse dentro del agua!

Pero, un buen día, un pato flota tranquilamente en el agua y el perro se precipita a sacarlo. El pato se va volando, furioso, y los amigos de Vali le explican que hay algunos animales que no pueden ahogarse.

Ahora, Vali asiste a clases. Ya se sabe hasta la letra M. Mientras se pasea, el perro repite el alfabeto de los animales a los que debe dejar tranquilos dentro del agua. ¡Mira! ¡Ahí hay un animal que no conoce! Salta al agua y sale con... un pescado en la boca. Su maestro le explica :

—"P" es la letra de pescado. Ellos viven dentro del agua y en ningún otro lugar. ¿No te parece mejor que terminemos el alfabeto antes de que vuelvas a la orilla del agua?
—¡Está bien!, dice Vali, impaciente. Después voy a ir a salvar a los que comienzan con una "H", como... humanos.

28 ¡Una superlechuza!

Cuando Sip está contento, grita "¡esto está superlechuza!". Cada vez que eso sucede, su amigo Zap pega un brinco y eso no le parece nada gracioso.
—¡Ya detente, Sip!, le pide Zap. Siempre que lo dices pienso que una lechuza viene para robarnos, como le sucedió a mi primo.
—¡Sí, pero me parece "superlechuza" que juguemos juntos!
Y ¡pum! Zap pega un brinco. Desde lo alto del roble, a Suza la lechuza le parece que estos dos ratoncitos son ¡muy divertidos! ¡Uno que dice "superlechuza" y el otro que se asusta y brinca! Entonces, emprende el vuelo para ir a tranquilizarlos.
—¡Una gran lechuza!, grita Zap cuando la ve llegar.
—¡Ya ves!, ¡tú también lo dices!, responde Sip.
—¡No! ¡Lo digo en serio!, grita Zap.
Suza la lechuza aterriza cerca de los ratoncitos atemorizados:
—¡No tengan miedo! No me los voy a comer. Ustedes son muy graciosos. Y me gusta mucho verlos caminar alrededor del roble. ¡Hasta pronto!
—¡SuperLECHUZA! exclama Sip.
Entonces, Zap pega un enorme brinco... ¡no puede evitarlo!

29 ¡Sucio como un cochino!

Rosita es una cochinita particularmente limpia.

La expresión "como un cochino" ¡realmente no es para ella!

Rosita se pasea rosa y coqueta por el patio y no se da cuenta
de que Porcino e Ivonne van llegando ¡en patineta!

—¡Cuidado!, le grita, Porcino.

—¡Demasiado tarde!, exclama Ivonne.

¡El drama no se hizo esperar! ¡Rosita se levantó cubierta de lodo!

—¡Qué tontos!, les grita Rosita, furiosa, a los dos cómplices ensuciadores.

—Lo sentimos mucho, Rosita. Te vimos demasiado tarde y con el frío
¡todo se desliza!, dice Porcino.

—Pero yo creo que aunque estés "sucia como un cochino", ¡sigues siendo
igual de bonita!, agrega Ivonne.

Rosita se sonrojó con el cumplido y luego volteó a verse.

—¡No importa!, responde Rosita. Además, el lodo me mantiene
más calientita y es bueno para la piel.

30 El corderito glotón

—¡Beeee!, grita Eddy. ¡Dónde está mi mamá?

—¡Qué escándalo!, dice el borrego, exasperado. ¿Cuándo la viste por última vez?

—Esta mañana. Bebí de su leche y ahora ¡ya tengo hambre otra vez!

—Quizás está ocupada. ¡Debes aprender a comer solo!, le aconseja el borrego.

—¿Comer qué?, pregunta Eddy, que no conoce más que la leche de mamá.

—Pues hierbas, si quieres llegar a ser ¡tan grande como yo!

—¿A poco voy a tener dos cuernos tan bonitos si como hierbas?, le pregunta Eddy.

—¡Eso es muy posible! ¡Debes intentarlo!, le responde el borrego.

En ese momento, su mamá regresa:

—Mamá, ahora ya soy grande. Ya no necesito tomar
leche. Voy a comer hierbas y voy a tener dos bonitos
cuernos.

—Muy bien, hijito, pero si me necesitas ¡siempre
estaré ahí!, le dice su mamá, alejándose.

Eddy la alcanza y le dice:

—Mamá, todavía soy chiquito. Me gustaría
beber un poco más de tu deliciosa leche...

❶ La risa de la ballena

—Ja, ja, ji, ji...
Cuando a Bali, la ballena, le da un ataque de risa, ¡es imposible detenerla!
Abre mucho su enorme mandíbula y un potente
chorro de agua sale disparado por sus narices.
A Bali, la ballena, esto le da todavía más risa,
sin embargo, no causa ninguna gracia
a los pescados, pues detestan la tormenta
que Bali ocasiona cada vez que lo hace.
Un día, un delfín, desesperado, toma un
corcho y ¡pop! tapa las narices de la ballena.
Entonces, a Bali le da un nuevo ataque
de risa y empieza a inflarse, inflarse...
se infla como un enorme globo lleno de agua...
El corcho sale disparado y un gigantesco
chorro de agua brota y avienta a Bali hacia
el aire. Bali vuelve a caer y se estrella en las olas
dentro de un enorme remolino. A Bali esto no le pareció
nada gracioso, pero cuando los pescados se acuerdan de esa aventura, todavía se ríen.

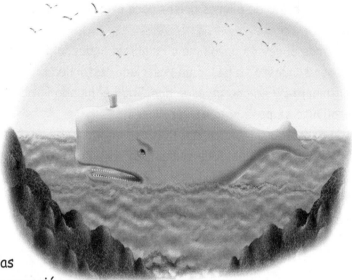

❷ Un abrigo de plumas

Se realiza una inspección general en el banco de hielo: el rey Pingo pasa revista a los pingüinos.
El pelaje debe estar impecable, el pico muy brillante y las plumas bien cepilladas. No tolerará
ni una sola mancha.
Pingüi está inquieto. Su pelo todavía es gris, mientras que los demás ya tienen el pelo blanco.
—Mamá, el rey va a pensar que estoy sucio cuando vea mis plumas grises. ¿Cómo le hacemos
para que se ponga blanco?, le pregunta Pingüi.
—Todavía estás muy chiquito y tus plumas grises te protegen del frío, le responde
su mamá. Todos los pingüinos, incluso el rey Pingo, han pasado
por esa etapa.
Pingüi no está muy convencido y, justo antes de la llegada de Pingo,
se recubre el vientre de nieve para volver blancas sus plumas.
—¡Te vas a enfermar!, exclama su mamá, furiosa.
—Claro que no, mamá, y además así ya tengo
el pelaje blanco, como los demás.

. . .

Diciembre

3 El abrigo del rey

Muy pronto, la nieve se derrite y las plumas grises de Pingüi se hacen
nuevamente visibles. El rey llega y los pingüinos se forman, bien derechitos
y con el pico orgullosamente en alto. ¡Qué sorpresa! ¡El rey Pingo trae
puesto un abrigo de plumas grises para protegerse del frío! Pingüi
no lo puede creer.

Y, mientras el rey se aproxima a Pingüi, el pequeño pingüino,
quien por supuesto ya pescó un resfriado, estornuda
violentamente y se cae de espaldas. Todo el mundo lo observa;
el pingüinito se pone rojo de vergüenza.

Con un gesto muy digno, el rey Pingo se quita el abrigo y lo coloca
en la espalda de Pingüi. Muy asombrado, el pingüinito se acerca
a su mamá y le dice al oído:

—¡Mira, el rey tiene un pelaje gris igual que el mío! ¡Al fin y al cabo,
los reyes y los niños se parecen!

4 Un burro en el gallinero

A Erasmo el asno le gustaría ser una gallina. En la granja, cacarea todo el día y siempre
que tiene oportunidad desliza la cabeza dentro del gallinero. Las gallinas piensan que es insoportable.
Pilar, la gallina pelirroja, está furiosa:

—¡Coc! ¡Ya nos tienes hartas con tus gallinadas! ¡Coc! ¡Coc! ¡Nunca serás
una gallina! ¿Cuándo se ha visto a un burro poner un huevo?

Y todo el gallinero rompe en carcajadas.

Erasmo, muy triste, se regresa al establo.

Pero, una noche, escucha una terrible agitación
en el gallinero: ¡un zorro se metió a la granja!

Erasmo se lanza sobre el devorador de gallinas
y emite un fuerte ¡hi-han!

El zorro, horrorizado, se escapa ¡a todo
lo que dan sus patas! ¡Uf!

—No necesitas convertirte en una gallina
para ser nuestro amigo, ¡te queremos
como el buen burro que eres!, exclaman
emocionadas todas las gallinas.

5 ¡Amigos de pelos!

Lili, la ratona blanca, nació dentro de una familia de ratones grises. Sus hermanos y hermanas siempre la hacen a un lado: tiene un color realmente extraño, piensan. Pero Lili ya se acostumbró a las burlas, que han disminuido ahora que los ratoncitos son más grandes.

La familia de Lili vive en una casa muy grande, donde el queso nunca falta. Pero, precisamente hoy, las alacenas están vacías. Lili y su familia se aventuran a salir de su madriguera en busca de alimentos.

¡Qué horror! Justo cuando tienen las patas llenas de queso gruyere, ¡se encuentran frente a frente con el gato de la casa! La sorpresa es aún más grande para Lili, pues el gato tiene el pelo blanco, tan blanco que Lili se queda petrificada, con los ojos muy abiertos.

...

6 ¡Amigos de pelos!

El gato, estupefacto, acecha de forma curiosa a Lili. Los demás ratones aprovechan para escaparse, dejando a Lili sola frente al enorme gato blanco. Sin embargo, el gato no parece estar dispuesto a atacar a la ratona blanca. Ambos intentan comprender cómo es posible que el pelo de una ratona y el de un gato puedan ser tan similares.

—Hasta ahora, nunca me había encontrado con un ratón con el pelo tan blanco como la leche, dice el gato.

—Y yo tampoco había visto nunca a un gato con el pelo tan blanco como la nieve, responde Lili.

—Es increíble todo el tiempo que paso limpiándolo. ¿Y tú?

Platican así durante largo rato, incluso sonríen cuando Lili le cuenta la vez que le cayó encima una lata de salsa de tomate.

Y así fue como Lili, la ratoncita blanca, se ganó el respeto de los ratones grises y ¡se hizo amiga de un gato!

7 Lolita y Néstor

Lolita vive a la orilla de un río canadiense. El invierno fue muy duro y Lolita se la pasó jugando en los rápidos del río, de modo que ahora está enferma. Su mamá le prohibió alejarse de la madriguera. Néstor, el castor, quien conoce a Lolita de toda la vida, quisiera enseñarle a su amiga la nueva barricada que construyó.

—¡Me prohibieron incluso meter la nariz al agua!, le dice Lolita.

—¡No será necesario, te quedarás sobre la barricada!, le responde Néstor. Es muy sólida.

Lolita no pone demasiada resistencia y sigue a su amigo. Para distraerla, Néstor salta y da vueltas con los pies sobre los troncos de madera. Cuando, de pronto, ¡pumba! la barricada se rompe y Néstor cae dentro del agua ¡que sigue congelada por el invierno!

• • •

8 La barricada de Néstor

Néstor, empapado, tirita de frío.

A Lolita apenas le dio tiempo de brincar a la orilla, desde donde se burla de su torpe amigo.

—¡Eres el único castor que no sabe construir una barricada!, le dice Lolita riendo.

Unos días después, Lolita va a visitar a Néstor, que está metido en su cama con un fuerte resfriado.

—No puedo salir hoy, le dice Néstor, moqueando.

—No te preocupes, le responde Lolita. Te traje una hoja y lápices de colores para que dibujes los planos de una nueva barricada más sólida. ¡Realmente tienes que mejorar tus obras!

Néstor está fascinado.

Unos días después, Néstor se instala a la orilla del río con todo y sus planos:

—¡Manos a la obra!, exclama.

Esta nueva barricada será:

¡I-N-D-E-S-T-R-U-C-T-I-B-L-E!

9 El reno de Santa Claus

Igor, el reno de Laponia, sueña con viajar por todo el mundo. Le cuenta sus intenciones a Maite, la marmota.
—Me gustaría ver cómo son esos países donde nunca nieva y donde el suelo no es blanco, sino verde como las espigas de los pinos.

—Existe alguien que podría ayudarte, le responde Maite. Se llama Santa Claus. Se dice por ahí que cada año necesita seis renos para que jalen su trineo. Con él recorre el mundo y se va deteniendo en cada casa en la que vive un niño.
—¿Un trineo que vuela?, dice Igor, asombrado. ¿Pero, dónde puedo encontrar a ese Santa Claus?
—Es muy fácil, dice Maite, basta con escribirle. Apenas se enteró, puso manos a la obra. Igor le escribió a Santa Claus para pedirle que lo llevara con él a conocer el mundo y visitar a los niños.

...

10 El regreso a Laponia

Un mes después, Igor, de vuelta en Laponia, le cuenta su viaje a Maite.
—¡Es extraordinario!, exclama Igor. La Tierra no es blanca, sino azul, y no es plana, como nuestras planicies, sino redonda. Desde el cielo, no se distingue casi nada, pero cuando uno baja, el suelo es ardiente, como en África, o bien tibio y cubierto de hierba verde.
—¿No te sientes muy decepcionado de tener que regresar a Laponia?, le pregunta Maite.
—¡Claro que no!, le responde Igor. Me encanta la nieve. Y, ¡mira lo que te traje!
—¡Unos esquís!, exclama la marmota, emocionada.
Y, a partir de entonces, cuando Igor siente nostalgia por su bello viaje en trineo, Maite se pone los esquís, se agarra de la cola de Igor y se deja llevar...

La telaluna

—Esta noche, ¡es luna llena!, les dice Espirela a las demás arañas del club. No olviden tejer sus telarañas en el lugar adecuado. A media noche, nuestro pueblo brillará como si fuera pleno día. Y el jurado decidirá qué obra merece el primer lugar. Cada araña elige el que a su gusto es el lugar ideal y ¡comienza a tejer!

Tejedora, en cambio, se toma su tiempo. ¡Esta noche es la gran noche! En eso, Tejedora, que no deja de pensar, ¡se vuelve!

—¡Ya sé! Ya encontré el lugar perfecto. ¡El primer lugar es mío!

Se pone a trabajar como toda una profesional del tejido. Desde la rama del pino, hasta el techo de la casa, Tejedora va y viene, ¡se da vuelta, teje, regresa y teje!

La noche ha caído y las arañas se reúnen para el espectáculo anual "Telarañas bajo la luna". Todo el mundo platica y degusta un coctel.

—¡Un verdadero néctar! dice Espirela. ¡Que se levante la luna brillante!

• • •

12 ¡Viva Tejedora!

Tal como estaba previsto, la luna iluminó la primera telaraña.

—¡Ohhh!, grita la asamblea. ¡Ahhh! ¡Qué bonito se ve! Las telarañas brillan bajo la luna y ésta se va moviendo lentamente. ¡Todos los insectos de los alrededores aplauden con cada aparición! La fiesta es todo un éxito, pero ¡Tejedora no estaba ahí!

—¿Quién ha visto a Tejedora?, pregunta Espirela.

—¡Nosotras no!, responden, unas tras otras, todas las arañas presentes.

De pronto, una nube pasa frente a la luna.

—¡Qué desastre! ¡Mi sorpresa se echó a perder por completo!, piensa Tejedora, llorando.

Luego, se sienta al pie de su telaraña. Pero, de pronto, se escucha un torrente de aplausos. Tejedora levanta la cabeza. La luna brilla nuevamente y lo hace justo sobre su obra de arte. Se trata del mejor espectáculo de la noche, Tejedora sonríe y enjuga sus lágrimas.

—¡Viva Tejedora, nuestra gran artista!, gritan los espectadores.

13 Para felicidad de las tortugas

Melinda abre un salón de decoración de caparazones con la idea de crear
una nueva moda para las tortugas. Desde la apertura, una
cantidad impresionante de tortugas con los gustos
más extravagantes visita a Melinda.

—Creo que unos cuantos lunares amarillos
y verdes me harían ver muy bien, dice Gudulia.

—¡Ponme unas plumas! ¡Así tendré la sensación
de que puedo volar!, agrega Ida.

Melinda vive unas jornadas agotadoras.
Un día, al cierre del salón, Genaro la espera
y le pregunta:

—¿Y tú, Melinda? ¿No te pones rayas o plumas?

—¡Yo! Yo no tengo tiempo, además, no puedo
ver mi caparazón.

—¡Pero yo sí lo veo!, le dice Genaro, y me parece
que es mucho más bonito al natural.

—¡Qué tristeza!, dice Melinda. ¡Entonces, mi trabajo no sirve para nada!

—¡Claro que sí!, le responde Genaro. Tus clientes están felices.

Pero, para cenar una ensalada conmigo, no se necesitan tantos ornamentos. ¡Melinda se puso roja
de felicidad!

—¡Me encanta ese color!, concluye Genaro, mientras caminaban hacia el huerto.

14 La broma de Maco, el macaco

¡Maco el macaco se mete muy despacito al agua! En pleno invierno, una buena
zambullida bien caliente, ¡es una delicia! Hasta que una banda de macacos
jóvenes, algo loquitos, salta al laguito que le sirve a Maco de bañera.
El pobre Maco traga agua y se sale del agua, furioso.

—¡Pequeños pillos! ¡Váyanse a jugar a otro lado!, les grita, agitando
sus enormes brazos.

—¡Vamos!, le dice Mica. Ten un poco de paciencia…
Cuando nosotros éramos jóvenes, saltábamos al agua
y el abuelo macaco ¡sólo se moría de risa!

—Pues ya que echaron a perder mi tranquilo baño, dice Maco,
los voy a sorprender con una bromita.

Maco se sube a la colina nevada que está arriba del lago. Pega
un grito digno de King Kong y provoca una avalancha de nieve.

—¡Yupi!, dice uno de los jóvenes macacos. Además de todo,
¡podemos hacer una guerrita de bolas de nieve!

15 Lobo, ¿estás ahí?

"¡Jugaremos en el bosque, ¡mientras el lobo no está!"
—¡No es justo, mamá!, dice Lupi, el lobezno.
No quieren ir al bosque cuando yo estoy ahí. Y a mí
me gustaría tanto que vinieran a jugar conmigo.
—Eso, le responde la mamá lobo, es por culpa
de tu abuelo. Desde que se comió a la caperucita roja
con sus galletitas, todo el mundo nos tiene miedo.
—¿Qué podemos hacer ahora?, pregunta Lupi.
La mamá decide organizar una fiesta de cumpleaños
para Lupi y de esa manera conseguirle amigos. Pone
una pancarta a la entrada del bosque: "Lupi festeja
su cumpleaños. Todos los animales están invitados a comer
cuantas galletas quieran". Por supuesto, llegan todos los golosos
del bosque y se entienden de maravilla con Lupi. Sin embargo, ¡prefieren visitarlo
cuando papá lobo no está! Pues él sí da un poquito más de miedo... ¡como un lobo de verdad!

16 Will quiere a su mamá

Will, el pequeño wombat australiano, va a pasar el día en casa de sus abuelitos, ya que mamá tiene que ir
de compras. Will se divierte como loquito con su abuelo durante
todo el día, pero como a las 5 de la tarde se sienta y abraza
a su muñequito de peluche.
—¡Ya quiero ver a mi mamá!, dice.
—¿Qué te sucede, Will?, le pregunta el abuelito.
¿Nos divertimos mucho hoy, no?
—¡Claro que sí, abuelito, pero ya quiero ver a mi mamá!
—Sabes bien que tu mamá fue a dejar al correo la carta
que le escribiste a Santa Claus!
—Sí, pero, de todos modos, tiene que volver pronto;
¡necesito hablar con ella!
—Si quieres, puedes hablar con nosotros. ¡Sabes que tu
abuelita y yo te queremos muchísimo!
En eso, mamá toca el timbre de la casa. Will se baja corriendo
de las piernas de su abuelo.
—¡Mamá! ¡Mamá!, le grita, saltando a los brazos de la mamá Wombat.
Le pedí a Santa Claus una bici para poder venir todos los días a casa de mis abuelitos...
¡porque nos queremos muchísimo!

17 ¡Lidia se siente sola!

En el juego de las escondidillas a Lidia, la liebre, le toca buscar a todos. Las otras cinco liebres se esconden dentro de un paisaje todo nevado. ¡Para una liebre blanca es muy fácil esconderse! ¡Uno! ¡Dos!, cuenta Lidia. ¡No se vayan demasiado lejos! ¡Tres!... ¡Diez! Lidia se da vuelta y... ¡no se veía a nadie en el horizonte!

—¡Dónde, dónde!, exclama Lidia. ¿Dónde se esconden?

Detrás del árbol, ¡no había nadie! Lidia da una vuelta alrededor del arbusto.

Tampoco había nadie. Avanza, un poco triste. Se siente muy sola. Es demasiado difícil encontrar liebres blancas en la nieve.

Finalmente, agotada, se sienta sobre una montañita de nieve.

—¡Pero!, ¡si está caliente!, exclama, muy sorprendida.

¡Es normal!, Lidia se sentó encima de Ernesto, ¡quien se levanta atacado de risa!

Entonces, Lidia va a hacerle cosquillas a las demás montañitas de nieve. Sus amigos están muertos de risa, pues las cosquillas provocan ¡tanta risa como las buenas bromas!

18 La marmota desfasada

Josefa duerme profundamente desde el otoño. Por lo general, debe dormir hasta el mes de marzo, pero esta vez se despertó desde ¡el dieciocho de diciembre!

Sale de su profunda madriguera y el frío le quema las narices.

—¡Qué frío!, dice la marmota. Tanto blanco hace que me duelan los ojos. Rápido, debo regresar a dormir.

—¿Dormir?, le dice una liebre que va pasando por ahí. ¿No lo dirás en serio? ¡En seis días es Navidad!

—¿Qué?, le dice Josefa, quien no ha visto nunca una Navidad.

—Pero, por favor, le dice la liebre, ¡la decoración del arbolito de Navidad!, ¡el pastel de Navidad!

—¡Pastel! ¡Hmmm, tengo hambre!, dice Josefa, a pesar de que tiene acumuladas en el cuerpo todas las reservas necesarias para largos meses de sueño. Sin embargo, ha escuchado a todos los animales que no hibernan hablar de la Navidad. Así que, esta vez, quiere vivirlo para contarlo a todos cuando llegue la primavera. Entonces, Josefa ayuda a preparar la fiesta y luego vuelve a su madriguera junto con un pastel de frutas navideño para degustarlo en el mes de marzo...

¡cuando se despierte definitivamente!

19 Huelga de Navidad

¡Qué alboroto hay en la granja! Gaspar, el ganso, reunió a todos los demás gansos.

—¡Silencio!, dice Gaspar, debo comunicarles que la enorme Susy desapareció a mediados de diciembre de hace dos años. Después, el año pasado, desapareció Toti, ¡la grandota! La desaparición del ganso más gordo durante la noche de Navidad ¡debe detenerse!

—Pero, ¿qué hacemos?, pregunta la pesada Penélope, quien se siente aludida.

—Las desapariciones se deben a la cena de Navidad. Y Navidad es ¡dentro de cinco días! agrega Gaspar.

—¡Vamos a ayudarle a escapar!, exclama el joven y dinámico Melchor.

—¿Escapar? ¡Excelente idea!, responde Gaspar.

Y así, el mismo día, Penélope pasa por debajo de la cerca. Los demás gansos optaron por ponerse en huelga de hambre... ¡hasta después del primero de enero! Pues, ¿quién querría comerse un ganso todo flaco? Seguramente ¡el glotón de nuestro granjero!

20 Navidad en el establo

En un establo, los dos bueyes, Beto y Jaime, hablan:

—¡Es Navidad!, dice Beto, vamos a poder descansar.

En ese mismo instante, alguien toca la puerta del establo. Jaime se asoma a ver quién viene a una hora tan extraña.

—¡Hola!, les dice Sarita, la burrita de la granja vecina. La nieve me impide continuar mi camino y estoy muy cansada. Mi pequeño va a nacer aquí en la nieve, si no me dejan entrar.

—¡Pasa! ¡Ponte cómoda!, le dice Beto, haciendo un lugar para la futura mamá.

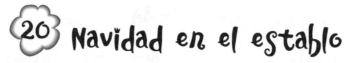

Los bueyes fueron a conseguir un poco de paja y, a su regreso, Jaime descubre a un adorable borriquito que intenta ponerse de pie en el establo. Sarita, la nueva mamá burrita, descansa a su lado.

Beto y Jaime deciden darle un poco de su calor al recién nacido.

—¿Esto no te recuerda la historia de un antepasado?, dice Beto, exhalando aire caliente sobre el borriquito.

—¡También el antepasado del borriquito estuvo aquí!, responde Jaime. ¿Y si le contáramos aquella fabulosa historia que sucedió hace tanto tiempo?

21 Una mamá cantante

Mientras que su papá león duerme plácidamente sobre una roca, Leo y Lea platican en voz baja...

—¡Seguramente papá no es feliz!, suspira Lea. Ya nunca juega con nosotros y no habla casi con nadie.

—¿Tú crees?, responde Leo, el hermano leoncito. ¡Quizás sea por eso que no come casi nada! Ayer, incluso dejó que una hiena se escapara...

Leo y Lea piensan, dan vueltas en círculo y murmuran, cuando, de pronto,

Lea exclama:

—¡Es por culpa de mamá! El otro día los escuché pelear a causa de su ópera. A papá no le gusta que mamá vaya a la sabana a cantar con otros leones.

Sin embargo, a los leoncitos les fascina escuchar a su mamita rugir en todos los tonos. Entonces, tienen una idea, deciden despertar a su papá y decirle una gran mentira.

...

22 Un problema en la ópera

—¡Papá! ¡Rápido!, gritan Leo y Lea. Leonardo, el leopardo, vino a decirnos que ¡mamá había tenido un problema en la ópera!

—¿Qué? ¿Cómo?, responde el papá león, todavía medio dormido.

Luego, de un brinco, salta de su roca y se sacude la melena.

—¡Espérenme aquí!, les ordena a sus leoncitos. ¡Voy corriendo a buscar a su mamá!

¡Pero, Leo y Lea habían decidido hacer otra cosa! Siguen discretamente a su papá hasta el lejano pueblo donde canta su adorada mamá. De pronto, su papá se detiene en seco. Al pasar bajo un baobab, reconoce a su dulce leona y su potente voz. ¡Papá león siente cómo le late el corazón! Entonces, cuando el espectáculo termina, ¡corre hacia ella y le hace muchos cariñitos!

¡El plan de Leo y Lea había funcionado de maravilla! ¡Ahora, su papá es el más feliz de todos los leones! Y, durante el camino de regreso, se aprende todas las canciones de ópera que la leona se sabe.

 23 La casa de madera

A la orilla del río, Héctor se pone manos a la obra y suspira:

—¡Qué difícil es cortar la madera con mis desgastados dientes! ¿Quién diría que fui el mejor arquitecto castor de la región?...

¡Sus amigos escucharon todo! Y se les ocurrió una idea...

—¡Esta noche, vamos a construirle una nueva y bonita casa!, murmuran.

Así, bajo la luz de la luna, los jóvenes castores cortan y tallan varios troncos de árbol gruesos y ¡Úpale! ¡Arriba! Los colocan como pueden.

A la mañana siguiente, Héctor se siente completamente descansado y sus amigos ¡están agotados!

—¡Es para ti!, le dicen los jóvenes castores al mostrarle la nueva casa de madera.

¡Héctor está tan emocionado que se instala de inmediato! Su casa quedó un poco chueca, pero ¡Shhh! el viejo castor la va a reparar discretamente y de ningún modo les dirá nada a sus generosos y valientes amigos, para no herirlos.

 24 Un bello encuentro

Papá Bruno se detiene nuevamente en el camino; los regalos se le volvieron a caer de su caparazón...

—¡Oh, no! suspira. Ya estoy cansado de ser un caracol; yo no tengo brazos para cargar las cosas.

Desafortunadamente, Bruno es tan lento que ya se le hizo de noche...

De pronto, escucha un tintineo y los esquís de un trineo que frena justo a su lado. Luego, se baja un hombre vestido de rojo que tiene la barba blanca...

—¡Te voy a ayudar!, le dice. Pero, no es tarea de los caracoles darles regalos a sus hijos...

¡Soy yo quien debe ocuparse de eso con la ayuda de mis renos!

—¡Santa Claus!, exclama el caracol levantando sus cuernitos.

—¡Shhh!, le responde el viejo hombre. ¡Nadie debe verme, ni escucharme! Protégete bien del frío dentro de los huecos de mi mano y ¡pongámonos en marcha! ¡Mis renos nos llevaran a tu casa !

Bruno se siente relajado; ¡sus pequeños tendrán sus regalos a tiempo!

25 ¡Feliz Navidad, Momo!

A las primeras luces del alba, los pájaros presumen sus regalos.

—¡A mí me dieron un disfraz de lechuza!, dice un elegante gorrión.

—¡Y a mí de urraca!, responde otro.

—¡A mí, nada, Santa Claus se olvidó de mí!, llora Momo, buscando detenidamente en su árbol. Sin embargo, me porté muy bien...

Sin duda, Momo es el más triste de todos los gorriones...

Cuando, de pronto, su amigo pico verde aparece con un paquete en la boca.

—¡Es para ti, Momo! ¡De parte de Santa Claus! Mira, ¡incluso te escribió!

Momo lee la nota, asombrado:

Mi querido Momo, sé muy bien que te mudaste de árbol, pero mis duendes no tuvieron tiempo de darme tu nueva dirección, ¡por lo que tengo que dejar tu regalo en la antigua dirección! ¡Espero que te guste mucho! Firmado: Santa Claus.

Momo desgarra a picotazos la caja y descubre un magnífico silbato de madera...

¡Momo soñaba con él! A partir de entonces, ¡él siempre es el árbitro cuando juega a la pelota con sus amigos!

26 La moda de Pinto

Pinto está harto de sus manchas negras y blancas. ¡Es normal cuando uno es un dálmata pintor! Entonces, ¡Pinto toma sus botes de pintura y sus pinceles! Y ¡púmbale!, ¡se pinta una manchita de rojo debajo del ojo, otras verdes en la cola, unas azules en el hocico y algunas amarillas en las orejas!

—¡Ya estoy!, se dice el perro frente al espejo. ¡Finalmente tengo color!

¡Qué alboroto se armó cuando Pinto salió al parque! Todos los perros del barrio, grandes o pequeños, ¡rodean al artista dálmata!

—¡También nosotros queremos tener manchas de todos los colores!

—Entonces, ¡síganme a mi taller!, les propone Pinto. Algunos pincelazos después, un gran séquito de perros elegantísimos recorría las calles con gran orgullo. Pero, la noticia se difundió tan rápido por todo el mundo, que ya no se ve más a un solo dálmata negro con blanco... ¡Quedó totalmente fuera de moda!

27 La banda de Ramón

¡Papá! ¡Mamá!, grita Ramón sacando su nariz de la madriguera. ¡Nevó! Los campos están completamente blancos.

—¡Saca el trineo! le responde papá, y ¡ve a pasear!

—¡Yo solito, no! se queja el ratoncito de campo. ¡No es divertido!

Su papá y su mamá suspiran y cada uno se sube a su trineo...

Pero, Ramón va demasiado rápido y, de pronto, ¡púmbale! ¡Se cae de cabeza y sale con toda la nariz blanca! Ramón se levanta cuando escucha la música que viene del piso. Rasca un poco la tierra fría y se sumerge dentro de un largo conducto.

El ratoncito corre hacia la derecha, da vuelta a la izquierda, sube un poco y finalmente sale a una pieza totalmente decorada, donde una decena de ratones regordetes bailan como loquitos.

Ramón es un poco tímido, pero cuando una bella ratoncita se acerca a él para invitarlo a bailar, no puede negarse...

Ramón no tiene ni hermanos ni hermanas, ¡pero ahora tiene una verdadera banda de amigos!

28 La fiesta de los zorrillos

En casa de los zorrillos, ¡la fiesta no se detiene entre Navidad y el primero de enero! Sin embargo, cada año, Hugo, el búho de los bosques, llega a sembrar el pánico... Pero, este año, Clemente, el zorrillo más bonito, ¡tiene toda la intención de bailar sin dejarse interrumpir!

—Si alguno de ustedes ve que Hugo, el búho, vuela hacia nosotros, ¡ponemos en marcha nuestro sistema de seguridad!

—¡Es decir que vamos a bañar a ese pájaro de noche con nuestro mal olor!, exclaman los zorrillos de bonitas rayas blancas.

¡Ji! ¡Ji! ¡Nos vamos a divertir mucho!

La fiesta está en pleno apogeo, cuando un zorrillo previene a todos:

—¡Un enorme búho se aproxima!

Inmediatamente, todos los zorrillos se juntan. Hugo sobrevuela la rueda de zorrillos, cuando... ¡piiiish! todos levantan su trasero para lanzarle un chorro nauseabundo.

Hugo se va volando en zigzag, pero si tuviera nariz, ¡se le taparía! Esta vez, Clemente y sus amigos podrán por fin bailar toda la noche.

29 ¿Dónde está Rocco?

Son las siete de la mañana, hace mucho frío afuera y está casi igual adentro. Pero, esa mañana, la granja, no es como de costumbre: Rocco, el gallo, no cantó su "¡quiquiriquí!" ensordecedor. Las gallinas, que siempre se despiertan antes que los demás, están inquietas.

—¿No han visto a Rocco?, les preguntan a las vacas.

—¡Nooo, múuuuu!, responden éstas rumiando más y más paja fresca.

Georgina, la gallina, y sus amigas van entonces a preguntar a los conejos, luego a los cochinos y, finalmente, a los pavos y los gansos. ¡Qué desgracia! Ninguna oreja ha escuchado el más mínimo quiquiriquí...

—¡Rocco!, se escucha en todos los tonos. ¡Roccoooo!

¿Pero, dónde se ha metido Rocco?

En eso, Filomeno encuentra unas huellas en el corral...

¡Y ese astuto gato no se equivoca jamás!

. . .

30 Filomeno guía la búsqueda

—¡Vengan a ver!, grita Filú, observando las huellas. Éstas son las huellas de un zorro.

—¡Qué horror!, grita una gallina vieja. ¡Otra vez lo mismo! Recuerdo que un año todos los gallos de la región desaparecieron, unos tras de otros. ¡Fue espantoso! ¡Nosotras no nos atrevíamos siquiera a bajarnos de nuestros palos! ¡Teníamos la piel de gallina!

—¡Tenemos que hacer algo!, dice Filú. ¿Quién quiere ir a recorrer los alrededores para investigar?

—Mmm... dicen las gallinas, avergonzadas. Lo que pasa es que con nuestras enormes uñas hacemos demasiado ruido.

—Y nosotros, agregan los pavos y los gansos, no somos demasiado... mmm... demasiado hábiles... ¡De hecho, es algo que nos repiten todo el tiempo!

Filú comprendió. Los conejos todavía están muy chiquitos, los cochinos son demasiado testarudos, entonces, sólo queda... ¡ÉL!

. . .

Entrada la noche, el investigador con patas de terciopelo sigue los rastros del zorro hasta la entrada de una madriguera... ¡que está muy bien escondida!

Filú se adentra sin hacer ruido, ¡pero lo que ve, le pone los bigotes de punta! Rocco está completamente desnudo, sin plumas, ¡tan solo le queda su cresta bien roja en lo más alto de la cabeza! Y enfrente de él, Morro, el astuto zorro, ¡está listo para masticarlo crudo!

Filú entró en pánico y, entonces, improvisó una serie de Coot-coot de lo más tentadoras antes de esconderse... Morro, el zorro, se siente atraído por esos melódicos sonidos y sale de su madriguera y... ¡zum! a la velocidad del rayo, el gato salta, ¡sacando todas sus garras!

Morro cae noqueado y Rocco ya está montado en la espalda de Filú, ¡ansioso por regresar a su corral!

—¡Viva Rocco!, exclaman sus amigos. ¡Nuestro Rocco ya está de regreso en casa!

La fiesta es tan bonita que, a la mañana siguiente, el primero de enero, Rocco esperó que transcurriera toda la mañana, ¡antes de cantarles a todos su quiquiriquí de feliz año nuevo!

Índice